[redacted]

16,80

Ken Bugul   Die Nacht des Baobab

Zu diesem Buch

Seit Urzeiten lag ihr Dorf im schützenden Schatten des Baobab, des Affenbrotbaums. Auf der Suche nach einer Zukunft, nach Wissen und Bildung zieht Ken in die Stadt und erhält ein Stipendium für ein Studium in Europa. Mit größter Sensibilität schildert sie, was es bedeutet, unter Weißen schwarz und schön zu sein: die Blicke auf der Straße, das ständige Wechselbad von Ablehnung und Anmache.

Bald wird sie zum Maskottchen einer Künstlerschickeria. Mehr und mehr wird ihr klar: Die Frau wird als Konsumgut angenommen. Verzweifelt und verloren sucht sie die Anerkennung, wo sie am leichtesten zu finden ist: in den Nachtclubs, in den Bars. Aber gerade dort wird sie zur Philosophin schwarzer und weiblicher Kultur. Sie rechnet mit sich und mit der Verlogenheit ihrer Umgebung ab.

Als Ken nach einem erschütternden Zusammenbruch heimkehrt, steht sie unter dem nackten Baobab vor einem zerstörten, verwüsteten Dorf.

Ken Bugul ist das Pseudonym, hinter dem sich eine senegalesische Politikerin verbergen soll. Ihr Roman steht seit Monaten an der Spitze der westafrikanischen Bestsellerlisten.

Ken Bugul

Die Nacht des Baobab

Eine Afrikanerin in Europa

Aus dem Französischen von
Inge M. Artl

Nachwort von Al Imfeld

Unionsverlag · Zürich

Dialog Dritte Welt

Die Originalausgabe erschien 1984 unter
dem Titel *Le Baobab Fou* im Verlag
Les Nouvelles Editions Africaines, Dakar.

2. Auflage 1985

Zollikerstraße 138, CH-8034 Zürich, 01/55 72 82

Umschlaggestaltung: Gerhard Steidl / Alex Wick
Umschlagfoto: Esi Sagay
Gesetzt aus der Times New Roman 10/12 p der Fa. Berthold AG
Gesamtherstellung: Steidl, Göttingen
ISBN 3-293-00090-8

Kens Vorgeschichte

Fode Ndao war es gelungen, die heißbegehrte Frucht loszuschlagen. Er brüllte vor Freude, als er sah, wie sie hoch aus dem Baum herunterfiel, in senfgelben Samt gehüllt, eine Farbe wie der Bauch eines Löwenjungen, eine Farbe wie die Savanne. Die Frucht fiel in Spiralen, schien in der Luft zu zögern, landete auf dem wurzelbedeckten Boden. Der kleine Fode hob sie vorsichtig auf, tastete sie ab, um festzustellen, ob sie im Sturz aufgeplatzt war. Die Frucht war unbeschädigt.

»Komm schnell«, sagte er zu seiner Schwester Kodu. »Schau mal, wie lang sie ist, und diese Samthaut zeigt, daß sie reif und saftig sein muß. Du darfst die Früchte vom Baobab erst pflücken, wenn sie diese dunkle Farbe haben. Der Savannenwind und die Sonne haben sie dick und reif gemacht. Komm, wir essen sie gleich. Ich werde sie aufschlagen.«

Sie gingen in den Hof zwischen den Hütten und fanden in einem leeren Vorratsschuppen einen ungestörten Platz.

»Hol ein bißchen Wasser«, sagte Fode. »Und wenn du die Mutter um Zucker fragen kannst, dann machen wir uns daraus einen Fruchtsaft.«

Fode Ndao streichelte die Frucht, bis der falsche Flaum auf der Schale ihn juckte. Er suchte sich einen Stein und kauerte sich auf die Fersen, den Oberkörper vornübergebeugt, neigte sich über die Frucht, die ihn faszinierte und erregte.

Die Mutter bereitete gerade die Hirse für das Mittagsmahl vor, das sie dann aufs Feld tragen mußte, zum Vater, der früh am Morgen mit den beiden großen Söhnen aufgebrochen war und den ganzen Tag fortblieb.

Es war die Zeit des Pflügens vor der nächsten Aussaat von Hirse und Erdnüssen.

»Mutter, gibst du mir Zucker?« bat Kodu, Fodes Schwester.

Die Mutter hörte nicht. Sie saß auf einem Ziegenfell, eine Kalebasse zwischen den kräftigen Schenkeln, die seit dem Tag, an dem der Vater kam und seinen Heiratsantrag machte, schon so oft gebebt hatten, und war über der in Wasser eingeweichten Hirse eingenickt. Die eine Hand hielt das Gefäß, die andere steckte in der Hirse; ihre Beine waren entblößt, der Oberkörper nackt, und die Brüste hingen wie leere Beutel herunter.

»Mutter!« Kodu legte ihr die Hand auf die Schulter.

Die Mutter wachte mit einem Ruck auf. »Oh, was willst du?«

»Ein bißchen Zucker für Fruchtsaft.« Sorglos fügte Kodu hinzu: »Fode hat die schönste Frucht vom Baobab heruntergeholt.«

Die Mutter wurde ärgerlich. »Ah, jetzt reicht's mir aber. Komm und hilf mir hier! Zünde das Feuer an, und hol den Kochtopf!« Sie zog die Kalebasse an sich und brummelte in sich hinein: »Oh Gott, womit hab' ich das verdient, so eine Tochter, zu nichts ist sie nutze! Den ganzen Tag rennt sie mit den Jungen herum und fängt Vögel und Ratten.«

Kodu wollte den Augenblick nutzen und sich davonmachen.

»Oh nein, jetzt reicht's, du bleibst hier, du Sündenmädchen. Zuerst rufst du mir Fode Ndao. Ich hab ihm schon einmal gesagt, er soll mir Holz hacken. Er ist auch ein Faulpelz, ich werde seinem Vater sagen, er soll ihn mit aufs Feld nehmen. Ein Mann, der daheim bleibt, hat man so etwas schon gesehen? Wird er nicht bald acht Jahre alt? Jetzt geh ihn holen, und komm sofort wieder, du nutzloses Ding, das nichts tut und nichts kann!«

Die Mutter begann wieder, den Hirsebrei zu kneten, unterbrach sich plötzlich und rief Kodu zurück, die langsam zur Vorratshütte hinüber schlenderte und dabei spielerisch die Füße durch den feinen Sand schleifte, der die Schritte dieser Familie schon seit einer Generation trug.

»Komm mal schnell her, mich sticht etwas im Rücken. Beeil dich, du Faulpelz!«

Kodu kam zurück und beugte sich über sie.

»Da unten, ach, was bist du dumm, ich hab gesagt, zwischen ... daneben ... und da ...«

»Aber Mutter, ich seh' nichts, es ist nichts da«, sagte Kodu.

»Dein Herz ist so schlecht.« Die Mutter schien verzweifelt.

Sie ließ die Kalebasse mit einer Hand los, griff nach dem Besen und kratzte sich damit den Rücken.

Kodu hatte schon kehrtgemacht und rannte zur Speicherhütte. Auch Fode war dabei, sich überall zu kratzen; die Samthaut der Baobabfrucht verursachte Juckreiz.

»Ah, Kodu, da kommst du endlich, was hast du so lange gemacht? Wo ist der Zucker?« Er kratzte sich noch immer.

»Du hast die Frucht angefaßt, und jetzt schmierst du dir das juckende Zeug selbst überallhin. Fode, Mutter hat nein gesagt. Und du sollst kommen und das Holz hacken!«

»Gut, dann machen wir den Saft eben später«, tröstete Fode sich notgedrungen. »Ich werde Mutter den Zucker klauen, ich weiß, wo sie ihn aufbewahrt.«

Und der Tag verging mit kurzen Augenblicken der Fröhlichkeit oder des Träumens, mit Arbeit und Rast, bis die Nacht einfiel.

Der Vater und die Brüder kehrten um die gleiche Zeit vom Feld zurück wie die Herde, die Mbunje, der Dorfhirte, den ganzen Tag lang in die Savanne zur Weide führte.

Mit der Dämmerung breitete sich Erschöpfung aus. Dunkelheit hüllte die Instinkte und Träume ein.

Dieser Augenblick. Die Stunde der Stille. Schatten. Träume. Die Welt ging schlafen.

Die Mutter lag ausgestreckt auf der raschelnden Matratze; der älteste Sohn hatte sie vor einer Woche mit frischem Stroh gefüllt. Sie war müde, die Mutter: die Sonne, die reglose Luft, nicht die kleinste Brise, das Schneiden und Trocknen der Hirse, das Mahlen und Kochen für die Familie. Sie war jeden Abend die letzte, die sich schlafen legte, aber auch erst, nachdem sie nochmals nachgeschaut hatte, ob alles hereingeholt und aufgeräumt war.

Diesen Moment, in dem nur Atemzüge sprechen und die Seelen in sich gekehrt sind, nutzte Fode, um noch einmal aufzustehen, leise wie die Nacht, seine Komplizin, und in die Kalebasse zu greifen, in der die Mutter den Zucker aufbewahrte. Er brauchte dazu beide Hände, und deshalb konnte er den Deckel nicht wieder schließen.

›Oh, das dauert zu lange, die Mutter wird aufwachen. Ich werde die Kalebasse einfach offen lassen und den Deckel morgen in aller Frühe wieder drauftun, wenn die Mutter draußen im Hof ist. Sie steht immer als erste auf, bei Tagesanbruch, und geht gleich hinaus und öffnet den Hühnerstall und bindet die Ziegen los und geht melken, damit wir Milch für das Morgenmahl haben‹, dachte sich Fode und legte sich wieder hin.

Der Quinquéliba-Tee, schon am Abend zuvor vorbereitet, wurde nun auf den glühenden Scheiten im Hof heiß, der im Sonnenaufgang heiter und hell wurde.

Fode schlief noch; sein Vater rüttelte ihn: »Fode, Mann ohne Haltung, steh auf, Sündensohn!«

Fode räkelte sich, und der Vater fuhr fort: »Wer hat die Kalebasse aufgemacht? Der ganze Raum ist voll Ameisen. Warst du das, der am Zucker war?«

»Nein, ich hab nichts getan, du mein Vater«, antwortete Fode.

»Aber wer hat dann die Kalebasse aufgemacht? Das ist doch seltsam, sie hat sich doch sicher nicht allein geöffnet!«

»Vielleicht war es sie, meine Mutter«, sagte Fode etwas vorwitzig und unsicher.

In diesem Augenblick kam die Mutter herein. »Wo ist der Zucker? Wo hab ich ihn nur hingetan? Und wo kommen all die Ameisen her?« Sie wurde zornig. »Fode, du warst das, du Sündendieb; gib sofort den Zucker her, oder du wirst etwas erleben. Der Zucker ist so schwer zu beschaffen und so schrecklich teuer. Du bekommst zur Strafe kein Frühstück.«

Fode schämte sich. Er hätte gerne um Verzeihung gebeten und den Zucker zurückgegeben, der unter seiner Decke versteckt war, doch dann dachte er an den Fruchtsaft und schwieg.

Die Sonne war so prächtig aufgegangen wie an allen anderen Tagen. Das Dorf Guye belebte sich, und mit einem Konzert aus Geräuschen und Stimmen begann das Leben neu.

Fode nahm den Zucker, holte die Baobabfrucht aus der Vorratshütte und preschte wie ein junges Pferd davon zu seinem Vergnügen. Er schlug die Frucht auf einem Stein auf; die Schote öffnete sich wie ein Mund, der die Welt verschlingen will, und zeigte die im Fruchtfleisch eingehüllten Kerne.

Fode lief das Wasser im Mund zusammen. Er holte ein wenig Wasser aus dem Krug, der immer vor dem Hoftor stand, damit jeder, der vorüberging, sich erfrischen konnte, falls er Durst hatte, oder seine rituellen Waschungen vornehmen konnte, wenn er sich unrein fühlte. Fode vermischte das Wasser, den Zucker, die Kerne und das Fruchtfleisch gleich in der Fruchtschale; er kostete ein wenig und verschluckte beinahe seine Zunge. Das war ein guter Saft, wie leichte, frische Sahne, von hellgelber Farbe, und die glatten Kerne schwammen darin herum. Fode behielt einen Kern im Mund und spielte mit der Zunge damit.

Während Kodu ihr Frühstück aß, fragte sie sich, wo ihr Bruder geblieben war. ›Geschieht ihm recht, er bekommt kein Morgenmahl; er wird auf der Schwertschneide ausrutschen‹, dachte sie. Aber sie wunderte sich, weil ihr Bruder sich nicht beklagte, und da fiel ihr der Fruchtsaft ein. Sie aß schnell fertig und lief davon.

Die Mutter schalt hinter ihr her, sie solle zurückkommen und Fode holen, damit er Holz hacke. Der Vater und die ältesten Söhne waren schon früh aufgebrochen und hatten das Morgenmahl mitgenommen.

Die Mutter fuhr wie im Selbstgespräch fort: »Sündenkinder, Kodu, ruf mir sofort Fode, gleich gibt's ein Unglück, ich hab genug, ich bin müde, ich bin kaputt mit diesen Nichtsnutzen.« Sie machte »Kssssss!« und warf den Deckel des Teetopfes nach den Hühnern und Hähnen, die im Sand nach Krümeln von Hirsefladen pickten und versuchten, in die Kalebasse voll Fladen zu gelangen. »Herr, erbarme dich ... Gut, ich werde Trockengemüse für das Mittagessen holen und den Trockenfisch machen, den sie, meine Mutter, mir geschickt hat. Es ist noch ein Rest da ... Kodu, Fode, kommt her, und zwar ein bißchen schnell.« Sie konnte sich nicht beruhigen.

Inzwischen hatte Kodu ihren Bruder gefunden. »Mutter hat gesagt, du sollst kommen, Fode!«

Fode hob nicht einmal den Kopf und fuhr fort, seinen Fruchtsaft zu rühren.

»So ist das also, du machst dir deinen Fruchtsaft heimlich, du gibst mir nichts davon ab; wart nur, bis ich auch mal etwas habe, dann geb' ich dir auch nichts, wenn du mich fragst.« Sie schien böse auf ihn zu sein, aber ihre Stimme wurde doch sanfter: »Na, Fode, gib mir auch ein bißchen, laß mich mal versuchen.«

Ihr Bruder behandelte sie wie Luft.

Ärgerlich hob Kodu wieder die Stimme: »Fode, Mutter hat gesagt, du sollst Holz hacken kommen! Ich werde ihr sagen, daß du dich weigerst.«

Fode hatte es satt, seiner Schwester zuzuhören. Wütend spuckte er den Kern aus, den er noch immer im Mund hatte. »Du mit deinen vielen Worten, jetzt reicht's.«

Es war kurz vor dem Beginn der Regenzeit. Das Dorf Guye nahm eine durchscheinende Farbe an. Die Hütten waren gelb, die hohen Pflanzen, der Sand, die Tiere, die Menschen, alles war gelb. Es war sehr trocken und so heiß, daß der Sonnenschein leise zu knistern schien. Und so gingen die Tage im Leben des Dorfes und seiner Bewohner dahin.

Einmal ging die Mutter am Spätnachmittag zum Brunnen, um Wasser zu holen. Auf dem schmalen Pfad, den im Laufe der Jahre all die Schritte eingekerbt hatten, ging sie in sich versunken dahin; sie fühlte nichts. So war es immer; ihr Blick war vorwärts gerichtet, aber sie schaute ins Leere, sie sah nichts. Diese Ruhe, diese Gelassenheit herrschte in allen Dörfern, lag in allen Gesichtern. War das Resignation oder Friede?

Das Geräusch des Galopps überraschte sie erst eine Weile, nachdem sie es schon gehört hatte. Im Dorf war noch niemals zuvor das Geräusch eines Galopps zu hören gewesen, denn hier besaß niemand ein Pferd. Dieses seltsame Ereignis erstaunte sie so, daß sie über ihre eigenen Füße stolperte, als sie sich danach umdrehte; sie verlor das Gleichgewicht, der Wasserkrug entglitt ihr und fiel auf den Boden. Sie selbst fing sich noch und fiel nicht hin. Das Brunnenwasser, süß wie die Frucht des Baobab, schien einen Moment innezuhalten und begann dann wie ein winziger Fluß dahinzufließen.

Die Mutter war stumm vor Schreck und legte die Hand auf den Mund. Jetzt mußte noch etwas geschehen. Sie wußte nicht, was, aber in den beinahe dreißig Jahren, die sie schon zum Brunnen ging, um Wasser zu holen, war ihr so etwas noch nie passiert. Der Krug, in tausend Stücken, schien silberne Tränen zu vergießen. Die Mutter nahm das Kopftuch ab, das sie wie einen Turban trug, strich sich über die lange vergessenen Zöpfe, rief die Ahnen an. Sie bat den Schutzgeist, die Familie vor allem Unglück zu bewahren.

Darüber hatte sie den Hufschlag vergessen. Plötzlich: »Ich grüße dich, Frau; ich achte dich und ehre dich mit diesem Kopftuch, das aus meinem Land kommt; ich wohne in dem Land, in dem die Sonne niemals vorüberzieht. Die Frauen dort brauchen ein Jahr, um es anzufertigen, dieses Kopftuch da. Ich bin hergekommen, um mir diese Gegend anzuschauen; ich möchte mich hier niederlassen, hier eine Familie gründen, und meine Entscheidung ist bereits gefallen.«

Dieser energische Mann faszinierte die Mutter; er war so selbstsicher, so entschlossen, so jemand war seit einem halben Jahrhundert nicht mehr hierhergekommen. Sein Pferd war genauso nervig wie er. Beide atmeten heftig.

Die Mutter band hastig ihr Kopftuch wieder um und entschuldigte sich dabei, denn eine verheiratete Frau in ihrem Alter durfte sich nicht ohne Kopfbedeckung zeigen. Sie streckte dem Fremden die Hände entgegen und nahm das Geschenk an. Der Stoff war von Hand gewebt, und auch das Muster handgedruckt, und das Ganze indigoblau gefärbt. Das Tuch duftete nach den verschlossenen Truhen des Nordens, die, mit Weihrauch gefüllt, mehr als ein Königreich durchreist haben.

Sie lud den Mann und sein Pferd ein, sich in ihrem Haus zu erfrischen.

Der zerbrochene Krug schaute zu, wie sie zum Haus gingen. Das verschüttete Wasser bedeckte zögernd ein Samenkorn. Es war der Kern der Baobabfrucht, den Fode ausgespuckt hatte, als die Mutter nach ihm schickte, am Morgen jenes ersten Tages, als die Götter eine neue Generation zeugten, welche die Zeit umwälzen würde.

Die Regenzeit begann ohne Warnung mit einem Wolkenbruch, der alles aufweichte, die Sonne, die Lebewesen, die Erde und das Leben. Das ganze Dorf war in Aufruhr. Wasser, wenn es dich nicht gäbe, wie vergeblich wäre dann das

Leben! Die Kinder und die Vögel tanzten zusammen und hießen die Regenzeit willkommen.

Kleine Bäche bildeten sich; das Wasser strömte über die schmalen Wege und schwemmte den Abfall der Dürrezeit mit, der überall im Dorf herumlag. Der Kern aus der Baobabfrucht blieb liegen, wo er war, vom verschütteten Wasser der Mutter in den Boden geklebt. Eine Woche nach dem Beginn der Regenzeit keimte der Kern: Ein winziger Stengel trug zierlich ein Blättchen. Regengüsse, Menschenschritte und Tierhufe verschonten ihn wie durch ein Wunder, und bald wachte eine zarte, junge Pflanze mit der Sonne auf und ging mit ihr zur Ruhe.

Zwei Jahre später stand dort ein junger Baobab mit geradem, hohem Stamm und reichem Blattwerk. Wieder kam Trockenzeit, und alles nahm seinen Lauf. Fode war gewachsen und ging mit dem Vater und den großen Brüdern aufs Feld. Er hörte nicht mehr auf den Ruf der Mutter. Er war ein Mann geworden in jenem Jahr, als die Heuschrecken die Region heimgesucht und den größten Teil der Ernte vernichtet hatten. Die Mutter respektierte ihn, und Fode machte keinen Fruchtsaft mehr.

Kodu war ein gut entwickeltes und hübsches junges Mädchen von kräftiger Gestalt geworden. Sie glich einer Skulptur, die aus der Landschaft des Ndukumane entstanden war. Eine Landschaft aus Feuer und Gold. Sie kochte und half der Mutter bei allen Hausarbeiten.

In der Lebensweise des ganzen Dorfes verschmolz das Schöne mit dem Alltäglichen und den Träumen. Am Abend, bei Sonnenuntergang, brachten die Alten den Schatten Opfer dar. Von weitem betrachtet, schien sich das Dorf, nichts als Lehm und dürre Strohdächer, dem Leben anzubieten wie eine Jungfrau. Es wirkte wie reglos leer, aber trotzdem wimmelte es darin wie in einem Termitenbau. Alle dort waren glücklich, denn alle teilten alles miteinander. Die Geburt, das Leben, den Tod. Schmerzen und Kummer, Glück und Freude. In diesem Dorf lebten die Menschen miteinander. Die Alten wurden älter, und die Geburten wurden als Zeichen der Unsterblichkeit willkommen geheißen. Das Neugeborene war immer eine Reinkarnation. Doch eines Nachmittags kehrte das Verhängnis im Dorf ein.

Kodu bereitete Hirsekrapfen zu, wie man sie zum Morgenmahl ißt und an die Nachbarn verschenkt. Die Pfanne mit dem Öl stand schon eine Weile auf dem Feuer und wurde heiß. Kodu träumte über der Arbeit Mädchenträume, von einem Hochzeitstag mit dem Sohn des Dorfhirten, sie zitterte jedesmal, wenn sie seine hohe stattliche Gestalt sah.

Das Öl geriet in Brand. Der Wind, der zu Beginn der Trokkenzeit weht, um die Erde zu reifen, packte die Flamme und trug sie in die Strohdächer. Im gleichen Augenblick war das ganze Dorf ein Flammenmeer, angefacht vom Wind, den ein böser Geist geschickt hatte, um die Harmonie zu zerstören.

In die schrillen Schreie der Frauen mischte sich das Knakken der hölzernen Dachbalken. Alle Männer waren auf den Feldern. Die Frauen führten die Alten und die Kinder aus dem Dorf; ein unheilvolles Bild. Dann begann die Trostlosigkeit. Das Dorf wirkte wie eine Bühne: Die Ruinen der Lehmmauern stellten auf ihr die verkohlten Gestalten in tragischen Posen dar.

Es gab keine Toten.

Die Bäume verloren ihr Blattwerk, und das Feuer setzte seinen Weg ungestört fort über die offene Savanne, nahm die Träume von gestern und die Illusionen der Gegenwart mit.

Der Baobab blieb wieder einmal verschont. Das Feuer war vor ihm ausgebrochen, und die Winde wandten ihm den Rücken zu. Die Familien verließen das, was einmal ihr Dorf gewesen war, und ließen sich etwas weiter weg nieder.

Es gab nur noch den kleinen Friedhof und den treuen Baobab. Der Wind sang in der Leere.

Im gleichen Jahr kam wieder der energische Mann mit seiner kleinen Familie, der eine neue Heimat suchte. Mit dabei war die Mutter, die ewige, nie versiegende Quelle, die unentbehrliche Frau, ohne die es kein Leben gibt, und drei Kinder. Bestürzung überfiel ihn vor dieser Leere. Er ließ seine kleine Familie unter dem Baobab warten, und in dessen Schatten schnürte die Mutter ein Bündel auf und holte Mundvorrat heraus. Die Kinder waren erschöpft vor Müdigkeit und Hunger. Der Mann machte einen Rundgang durch die Leere.

Die Mutter und die Kinder ließen die Blicke über diese unwirkliche Landschaft schweifen, von welcher der Vater ihnen soviel erzählt hatte dort oben im Norden, wo die Sonne niemals vorbeizieht. Hier gab es nichts als Sonne, sie war überall. Und den Baobab, in dessen Schatten die Wirklichkeit den Traum verdrängte und selbst Traum wurde.

Das jüngste Kind flüchtete sich zwischen die warmen Schenkel der Mutter und drückte sich fest an sie. Es hatte keine Angst. Es wollte Ruhe finden, die Gegenwart der Mutter spüren. Als das Kind einen Arm um ihren Hals legte, zerriß es ihre Bernsteinkette. Die Perlen verströmten wie die Hitze, die diese Zauberwelt mit Wohlgeruch erfüllte, die Savanne, das Land der Sonne und des Lichtes.

Die Mutter sammelte die Bernsteinperlen wortlos auf und knotete sie in einen Zipfel ihres Schurzes. Hier sprachen die Menschen nicht. Hier sprach nur die Sonne.

Dies war kein Ort wie ein anderer. Hier war das Ziel. Die Mutter hatte nicht bemerkt, daß eine Bernsteinperle in diesem Sand, unter diesem Baobab, in diesem verlassenen Dorf einen Schlupfwinkel fand, der sie lautlos aufnahm.

Der Vater kam aus der Leere zurück. Er blieb bei seiner einmal gefällten Entscheidung: »Du, Astu, meine Frau, und ihr, meine Kinder, wir sind im Land der Sonne angekommen, und wir bleiben hier.«

Zu Anfang fanden sie ein Lager in den Häusern ohne Dach. Der Himmel war das größte und schönste Dach von allen. Der Himmel von Ndukumane schenkt neuen Mut. Die Nächte streichelten ihre Flanken, um sie einzuschläfern, die Sonne weckte sie mit Gesang, und der Wind brachte ihnen den belebten Atem und die Frische des Lebens.

Die Kinder entdeckten als erste die geheimen Winkel, wo die Ahnen umgingen. Als erste knüpften sie ihr Leben an die Sonne. Sie gingen mit dem Vater die Stelle auswählen, an der das zukünftige Haus gebaut werden sollte. Das war vor dem Baobab, wo sie bei ihrer Ankunft Rast gehalten hatten, wo die Mutter den Kindern Hirsefladen gegeben und wo eine Bernsteinperle sich in die geheimnisvollen Falten des Sandes verirrt hatte.

»Hier, vor diesem Baobab, Zeichen eines früheren Lebens, werden wir ein Haus bauen, das die Wohnstatt sein wird; wir werden dieser Erde von Ndukumane unsere Knochen geben, wir werden der Sonne das Kostbarste opfern, was wir besitzen, unser Leben. Kommt, wir fangen sofort an; wir schlagen die vier Pfosten ein, die den Hof begrenzen, und wir machen die Unendlichkeit der Savanne und des Busches zu unserem Grund. Wir sind angekommen. Hier werden wir alle wiedergeboren.« So sprach der Vater.

In dem zerstörten Dorf war nur ein Geschöpf ohne Alter zurückgeblieben. Niemand wußte, woher er kam. Für ihn gab es nur die Sonne, den Baobab und die unendliche Hitze. Er schien nichts anderes zu kennen. Seine Welt ging über das Dorf nicht hinaus, und ständig prahlte er mit unvorstellbaren Entdeckungen. Er kannte das Geheimnis der Pflanzen, der Wurzeln und Blätter und versicherte, er habe die Pflanze entdeckt, die Unsterblichkeit verleiht.

»Ich werde niemals sterben«, sagte er oft. »Er ist verrückt«, meinten die anderen, die das verbrannte Dorf verlassen hatten.

Der Vater und die Kinder waren gerade damit beschäftigt, den zukünftigen Hof abzustecken, als er zu ihnen trat: »Seid gegrüßt, die Meinen, ich habe schon geträumt, daß ihr kommt und euch hier niederlaßt. Ich bin der Älteste und Weiseste von allen. Ich weiß alles. Ich kenne alle Geheimnisse des Dorfes; ich habe hier eine Familie gehabt, vor über fünfhundert Jahren. Einmal habe ich fünfzehn Tage und fünfzehn Nächte im Busch bei den Hyänen verbracht, früher hat es hier davon gewimmelt. Eines Morgens bin ich wieder heimgekommen, niemand hat mich erkannt, aber ich habe alle wiedererkannt: den Vater, die Mutter, die Hütte, in der ich schlief, und die Ziege, die immer im Hof geblieben ist. Ich habe immer gelebt, und, glaubt mir, ich bin unsterblich. Nach dem Feuer sind sie alle fort, aber ich bin geblieben. Auch in tausend Jahren werde ich hier sein. Eine Sache beschäftigt mich: dieser junge Baobab. Er ist eines Morgens aus der Erde gekommen, als ob Götter aus einer anderen Welt ihn gepflanzt hätten. Ich suche und suche, und eines Tages werde ich auch dieses Geheimnis finden: Dieser Baobab ist mit einem Ereignis verbunden, das eine ganze Generation erschüttern wird.«

Er sprach allein weiter; er sprach, wie er mit dem Busch sprach, wie er mit der Sonne sprach.

»Möge euch die Sonne lange erwärmen. Wenn ihr Unsterblichkeit wollt, ihr findet mich immer unter den Bäumen.«

Er kam noch einmal zurück und setzte dabei seine Schritte genau in die alten Spuren; er versuchte, sie zu verwischen.

»Menschen können nichts gegen mich ausrichten, aber unter den Geistern habe ich schlechte Vettern, die können mir böse Streiche spielen«, sagte er, als jemand ihn fragte, warum er das tat. »Wenn ich nachts irgendwohin gehen muß, wickle ich meine Füße in Lappen ein.«

Der Vater und die Kinder folgten ihm mit den Blicken, als er ins Licht davonging, schweigend wie die Bäume um sie herum.

Der Vater faßte sich wieder: »Kommt, jetzt werden wir der Mutter sagen, daß wir den richtigen Platz im Land der Sonne gefunden haben; wir wollen unser Bestes geben und unser Haus schnell bauen. Hier bleiben wir für alle Zeiten.«

Der Vater ging in Gedanken versunken, die Kinder folgten ihm. »Manchmal muß man sich fragen, wie der Lauf der Welt ist, ohne Angst vor der Antwort zu haben; an jedem Tag des Lebens folgen die Ereignisse einander auf unvermeidliche Weise. Man kann sein Leben träumen, aber nicht die Wirklichkeit. Das Alltägliche besteht nur aus Augenblicken.«

Ein Dorf, die Sonne, eine Familie.

Wie kann ein Mensch, der seinem Schicksal unterworfen ist, Frau und Kinder mit sich in diesen ewigen Kreislauf hineinziehen, der eine Flucht ist? Die Religionen versprechen das Jenseits, die Träume eine bessere Welt, und das Ich, kaum zu Bewußtsein gelangt, spricht sich heilig, nur um morgen zu sterben.

Formeln prallen aufeinander. Verloren irrt der Mensch nachdenkend und meditierend umher. Wissen weiht ein, Begriffe sprießen, Bilder machen sich breit, Vergleiche messen sich. Jeder versucht einen Weg im Nichts, aber die Flucht regt zur Erfindung an, und schöpferisch sein heißt die Leere füllen, den einzigen wirklichen Feind des Menschen.

Der Baobab wuchs verwirrend schnell. Der Vater, die Mutter und die Kinder achteten nicht darauf. Und doch zogen sie sich alle in seinen Schatten zurück, wenn die Sonne sie dazu zwang. Der Vater träumte dort; die Mutter niemals. Ist das vielleicht das Geheimnis der Gelassenheit?

Die Familie gedieh und gewöhnte sich ein. Die Tage und Nächte reihten sich aneinander. Haus und Hof nahmen menschliche Formen an. Eine Regenzeit ging vorüber. Eine neue Familie kam und ließ sich im Dorf nieder; sie stammte auch aus dem Land, in dem die Sonne niemals vorüberzieht. Sie steckte ihren Hof und ihre Felder neben der ersten Niederlassung ab, ohne sie jedoch zu berühren. Jede Familie war ein geschlossener Kreis. Mit der Zeit zeichneten die Schritte der Menschen einen schmalen Pfad ein, der von einem Hof zum anderen führte.

In jenem Jahr brachte die Mutter ein Kind zur Welt, einen Buben, so stark wie der Himmel, unter dem er geboren wurde. Er war der erste einer neuen Generation im Land der Sonne. Die Menschen lebten weiter. Es gab Geburten und Tode; die Sonne blieb, und der Baobab schien ausgewachsen. Er gab die besten Früchte. Man machte daraus Saft und goß ihn über den Hirsebrei, man gab ihn den Kranken zu trinken und tröpfelte ein paar Tropfen in ihre Augen, so heilte man Masern und Durchfall. Seine getrockneten Blätter wurden zu einem Pulver vermahlen, das den Couscous band und ihm den Geschmack frischer Milch gab; frische Baobabblätter waren zerhackt das beste Mittel gegen Müdigkeit. Aus seiner Rinde wurden die berühmten Hängematten aus dem Land der Sonne geflochten. Das Land des Baobab.

Nach und nach bevölkerte sich das Dorf. Aus allen Himmelsrichtungen kamen Familien und ließen sich nieder. Kinder wurden geboren, wuchsen, und manchmal nahm sie der Tod wieder. Die Alten wuchsen in die Erde; und mitten in der Nacht konnte man manchmal hören, daß ein Baum sich den Eingeweiden der Erde entriß und wie ein einstürzender Berg dumpf auf den Boden schlug, der ihn so lange getragen hatte.

Der Beginn des Jahrhunderts brachte Syrer und Libanesen ins Land – man fragte sich, woher sie bloß kamen –, und sie machten aus dem Dorf ein kleines Handelszentrum, in dem an den Markttagen die Leute aus allen Dörfern der Umgebung zusammentrafen. Zum ersten Mal tauchten in der Fabrik hergestellte Schuhe auf.

Sogar die Eisenbahn führte nun an diesem einsamen Dorf im fernen Winkel von Ndukumane vorbei, aber der Zug hielt niemals an. Die Frauen und Kinder liefen vor die Höfe, wenn er vorbeifuhr, und die Mütter hielten die kleinen, dicken Hände der Säuglinge hoch und winkten ihm nach. Die Väter und die größeren Buben gingen nahe an die Gleise heran, damit sie ihn besser sehen konnten, und blieben dann auf dem Bahndamm stehen und schauten zu, wie der Rauch den Horizont verschmutzte, und der Geruch, den er hinterließ, hing ihnen noch lange in den Nasen und verfolgte sie in ihren Träumen.

Die Gleise waren da vor dem Dorf; der Unsterbliche, der »Verrückte«, behauptete das Gegenteil: »Diese Gleise haben mich hier gefunden; als ich geboren wurde, waren sie nicht da.«

Der Mann aus dem Land, wo die Sonne niemals vorüberzieht, lebte sich gut in Ndukumane ein, war geachtet und wurde um Rat gefragt. Gottvertrauen, Ehrlichkeit und Großzügigkeit waren seine Waffen. Er lebte vom Handel, von seinem Viehbesitz und der Arbeit auf dem Feld. Ein gestandener Mann. Das junge Mädchen vom Nachbarhof gefiel ihm. Sie stammte aus der zweiten Familie, die sich nach dem Brand im Dorf niedergelassen hatte. Eine Haut so hell wie Mondlicht, Gelenke so zart wie die Gazellen, die Haltung stolz wie eine Manding-Prinzessin, und Zähne so blitzend wie ein Bach, wenn die Sonne im Zenit steht.

Das Mädchen ging morgens und abends zum Brunnen Wasser holen; sie kam mehrmals am Tag unter dem Baobab vorbei, ohne stehenzubleiben. Der Mann warf ein Auge auf sie, und das wichtigste: Sie gehörten beide zu keiner Kaste. Sie wurde seine zweite Ehefrau und brachte ihre Jugend, ihre Schönheit und ihre Jungfräulichkeit mit.

An dem Abend, an dem sie in ihr neues Heim gehen mußte, hüllte der Vollmond das ganze Dorf in ein Licht so sanft und zart wie ein Kind. Eine Gruppe von Frauen begleitete die Braut. Mondlicht drängte sich durch das Blattwerk des Baobab; sie wollte innehalten und ein Gebet sprechen, da spürte sie auf ihren Händen etwas wie einen Schleier aus gedämpftem, weichem Licht.

Was wünschte sie sich anderes vom Leben als das, was ihr jetzt geschah? Aber wer konnte erraten, was sie wirklich dachte, von Kopf bis Fuß eingehüllt in einen weißen Umhang. So wurde sie einem Mann überlassen, von dem man »nur seine Knochen« verlangte, im guten wie im schlechten.

Wie die Tradition es verlangte, gab es am nächsten Tag ein Fest. Das erste Gericht, das sie zubereitete und dann servierte – sie trug dabei ihr schönstes Gewand und den Schmuck, den der Mann ihr geschenkt hatte –, zeigte, daß ihre Talente als Köchin genauso groß waren wie die der Frauen aus dem Norden, die man dafür rühmte. Ihre Anmut und ihre Grazie weckten in mehr als einem Mann den Wunsch, selbst solch ein Mädchen zu heiraten.

Ihr Mann war glücklich und schlief zwei Monate jede Nacht bei ihr. Erst dann kehrte er zur Tradition zurück, nach der er abwechselnd die gleiche Anzahl von Nächten mit der einen und mit der anderen Frau verbringen mußte. Ihre Hütte ging nach Osten. Die Sonne weckte sie und brachte sie zu Bett. Ein Jahr später gebar sie ihr erstes Kind. Nun war sie eine Frau geworden und teilte das Leben mit der ersten Frau des Familienvaters.

Sie trug ihr Kind huckepack auf dem Rücken spazieren, unter dem Baobab, der Haus und Hof immer mehr bedeckte. Wenn man jemand den Weg zum Haus zeigte, wies man auf den riesigen Baobab. Woran dachte die Mutter unter dem Baobab? War sie traurig? Und der Baobab, woran dachte er? Das fragte man sich. Denn manchmal fing er an zu lachen, und manchmal weinte er, und manchmal kam es auch vor, daß er einschlief und träumte.

Plötzlich ein Schrei! Ein durchdringender Schrei. Ein Schrei zerriß den Frieden unter diesem kahlen Baobab in diesem verlassenen Dorf. Das Kind stopfte sich die Bernsteinperle tiefer und tiefer in das Ohr.

Der Schrei widerhallte in einer Glut von Rhythmus und Tanz.

Ach, dieses Dorf, in dem ich geboren wurde! In einem dieser Augenblicke glühender Hitze. Die Sonne im Zenit durchbohrte die Atmosphäre mit ihren unzähligen Strahlen aus Licht und Klarheit. Es herrschte diese Hitze, die typisch für die Regenzeit in Afrika ist. Schwül, heiß, wohlig, aber auch beklemmend, drückend. Wird es nun regnen oder nicht?

Ich bin in einem winzigen Dorf im Senegal geboren, in der Region, die man den Ndukumane nennt. Dort ist es immer heiß und immer kalt. Ich war das letzte Kind meiner Eltern. Am Tag meiner Geburt waren nicht alle da. Wenn die ganze Familie anwesend gewesen wäre, dann hätten die Dinge vielleicht eine andere Wendung genommen, dann wäre vielleicht alles ganz anders verlaufen.

Ich wurde am gleichen Tag geboren wie eine Nichte, deren Eltern etwa zwanzig Kilometer von meinem Dorf entfernt lebten. Eine Woche nach meiner Geburt ging eine meiner Schwestern sie besuchen. Sie dachte wohl, es lohne sich nicht, für meine Taufe daheim zu bleiben, weil ich von alten Eltern geboren war und meine Taufe sicher nicht solch ein Fest würde wie die Taufe der Nichte, deren Eltern noch jung waren.

Immerhin hat der Vater zwei Schafe geschlachtet. Und das Fest soll sehr schön gewesen sein. Die Leute haben getrunken, gegessen, gelacht und gebetet. Nur eine hat geweint. Das war diejenige, deren Vornamen ich trage. Soviel Aufregung …

Mit zwei Jahren konnte ich noch nicht laufen, nur draußen herumkrabbeln. Und das tat ich auch. Ich spielte vor dem Haus unter dem hohen Baobab im Sand. Einmal fand ich eine Bernsteinperle. Ein Kind, das im Sand spielt, sucht immer irgend etwas.

Was? Das Kind weiß es nicht. Deshalb spielt es mit Tausenden von Sandkörnern, läßt sie zwischen den Fingern durchrieseln, stundenlang. Woran mag das Kind dabei denken? Wie wenig man die Tiefen und Labyrinthe seiner Gedanken und seiner Phantasie kennt!

In meinem Dorf trugen die Frauen an den Ohren Perlen, aufgereiht an den Sicherheitsnadeln der Windeln. Als ich die Bernsteinperle im Sand fand, dachte ich an dieses Bild und stopfte sie mir deshalb ins Ohr.

Wie sehr ich der Mutter sagen möchte, daß sie mich beim Spielen nicht allein hätte lassen sollen unter dem Baobab, mit zwei Jahren! Dieser Baobab. Die Phantasie und das Bewußtsein, die unter dem Baobab plötzlich aufeinanderstoßen; dieser gewaltige Baobab, ein Komplize.

Ach, dieses Dorf, in dem ich geboren wurde, wie Sonne und Hitze sich unterscheiden! Wir gingen in die Sonne, um uns abzukühlen. Was machten der Vater, die Mutter, die Brüder und die Schwestern, was machten die Hähne, die Ziegen, die Schafe und der gewaltige, eindrückliche Dobali-Baum, unter dem wir manchmal kochten und aßen, unter dem wir spielten oder weinten, unter dem die beiden Frauen des Vaters sich wortlos zankten, sich wieder vertrugen und jede insgeheim der anderen das bloße Vorhandensein vorwarf, unter dem man sie aber manchmal auch schlafend fand, eingehüllt in diese Stille, die nur der Frieden schaffen konnte. Alles war schweigsam. Es gab nur die Sonne und den Baobab, die summende Hitze, die surrenden Zikaden im Dickicht des Ndguer. Ach, das Singen der Zikaden im Dickicht dieser Hitze, ein schriller Unterton, der diese Atmosphäre aus Glut, Rhythmus und Tanz durchzitterte. Der Friede war gestört. Dieser durchdringende Schrei unter dem Baobab! Der Esel spitzte die Ohren, der Hahn plusterte sich auf, den Kamm noch roter, noch eitler. Ich stopfte mir die Bernsteinperle noch tiefer ins Ohr.

1

Abschiede sind immer und überall gleich. Die einen gehen fort, und die anderen bleiben. Ob der Abschied traurig war (Abschiede sind immer traurig) oder vergnügt, wie das immer öfter vorkommt, lang oder kurz, es blieb doch immer ein Abschied.

An jenem Morgen nahmen wir Abschied. Ich fuhr fort.

Die anderen blieben zurück.

Ich fuhr sehr weit fort. Ich riß mich los, um nach Norden zu reisen ...

Der Norden der Träume, der Norden der Illusionen, der Norden der Verheißungen ... Der Norden, der Vorbild war; der Norden, das Gelobte Land ...

In der Flughafenhalle klopfte mir das Herz, als ob ich ganz alleine dort warten würde. Ich zitterte beinahe, und es kostete mich Mühe, das Beben meiner Lippen zu unterdrükken, die so schwer schienen, wie wenn sie gleich abbrechen wollten. Und es gelang mir nicht, still auf einer Stelle stehenzubleiben, solche Angst hatte ich, die Beine würden unter mir wegsacken.

Als der Flug ausgerufen wurde, wäre ich am liebsten zum Flugzeug gerannt. Das Flugzeug, das ich nicht anzuschauen wagte. Dieses Ding, nach dem ich im Dorf ungezählte Male den Kopf gehoben hatte, das hoch oben am Himmel einem Vogel ohne Flügel glich, bis mich das ferne Blöken eines Schafes, das vielleicht gerade davonlief, dazu brachte, wieder auf die Erde zu schauen.

Oh Gott, ich verließ das Land, das gesehen hatte, wie ich aus dem Schoß meiner Mutter fiel. Das Land vibrierte von Licht und Sonne, und trotzdem hatte ich solche Eile, davonzulaufen. In meiner Angst glaubte ich schon gar nicht mehr an den bevorstehenden Abflug, als eine wesenlose Stimme ihn endlich ankündigte, durch diese Lautsprecher, die man mehr ahnte als hörte.

Der Abschied war vorbei.

Ich wandte den Kopf ab, das klägliche Schafsblöken in meinen Ohren wurde immer lauter, und ich lief hinaus auf die Piste, die der Wind kreuz und quer überfegte.

Man mußte zu Fuß zum Flugzeug gehen. Ich hatte mich gefaßt, trotzdem stolperte ich zwei- oder dreimal, ehe ich es erreichte. Ich war nervös und hastig, schwitzte und spürte gleichzeitig kalten Schweiß.

Ich war aufgewühlt. Und immer das verzweifelte Blöken des Schafes, als ob ein Tonband in meinen Ohren ablaufen würde. Die Gangway kam mir endlos vor, man schien bis zum Ende der Welt hinaufsteigen zu müssen.

Ich stolperte noch zweimal, dann verschwand ich endlich im Flugzeug. Oh, es war eiskalt und lag in schummrigem Licht wie eine Geliebte in der Mondnacht. Ich zitterte noch mehr, diesmal vor Kälte und Aufregung. Ein junges Mädchen, das zu jedermann sehr liebenswürdig war, führte mich zu einem Sitz, aber ich konnte ihr Lächeln nur mechanisch erwidern.

Ich sank in den Sessel, er verschlang mich, war bequem und beruhigend. Ich holte tief Atem, ohne mich danach erleichtert und befreit zu fühlen. Mein Herz schlug Trommelwirbel. Der Lärm der Aggregate klang wie das Rollen leerer Fässer. Ich achtete überhaupt nicht auf die anderen Passagiere; als alle saßen, begrüßte uns eine Stimme, die genauso wesenlos klang wie die in der Wartehalle, gab Informationen über den Flug und bat uns, die Sicherheitsgurte anzuschnallen, die Zigaretten zu löschen, die Rückenlehnen der Sitze gerade zu stellen, bereit zu sein. Die Motoren beschleunigten ihre Drehungen. Das Flugzeug rollte langsam, schwerfällig über die Piste mit seiner Fracht aus Menschen, Gegenständen, Gerüchen, Erinnerungen, Geschenken, Leben und Tod.

Ich schaute zum Bullauge hinaus und sah, daß ich wirklich aufbrach; dieses Bullauge war das bedrohlichste Fenster, durch das ich jemals hinausgeschaut hatte.

Der Motorenlärm hatte das Blöken der Schafe übertönt.

Sanfte Musik, die von überall gleichzeitig zu rieseln schien, streichelte meine Ohren; die frische Brise aus der Klimaanlage löschte in mir Sonne und Hitze aus, an die ich gewohnt war, die bisher mein Leben begleitet hatten.

Das Flugzeug rollte ein paar Minuten über die Piste und hielt wieder an. Ich wußte zuerst nicht, warum, doch im gleichen Moment schien der richtige Start mir die Trommelfelle zu zersprengen.

Sich losreißen ...

Das Flugzeug hob sich mit einem berauschenden und beinahe schmerzhaften Ruck vom Boden. Mir blieb der Atem weg, und ich klammerte mich instinktiv an die Armlehnen. Ich hatte das Gefühl, ich würde mir selbst entrissen.

Das war der Beginn meines Abenteuers, ich, eine Frau, eine Schwarze, erlebte zum ersten Mal die Erfüllung eines Traumes, meines teuersten Traumes.

Ich war unterwegs ins Gelobte Land.

Ich flog nach Belgien, um dort zu studieren; ich hatte vom Büro für wirtschaftliche Zusammenarbeit und Entwicklung ein Stipendium bekommen, wie die meisten jungen Leute in diesem Flugzeug.

Der Vater kränkelte seit einigen Jahren; ich war wegen ihm ein paar Tage zu Hause geblieben. Ich wollte vor meiner

Abreise mit ihm sprechen, aber ich wußte nicht, wie ich das anfangen sollte, und nicht einmal genau, was ich ihm sagen wollte. Ich war es gewohnt, ihm Fragen zu stellen ... »Warum dieses ... Warum jenes ... Warum ist das so, ich verstehe nicht ...« Meistens antwortete er mit einem Lächeln oder Lachen. Das war nicht das, was ich suchte, doch was konnte ich einem Menschen sagen, der zwar mein Vater war, den ich aber niemals Vater genannt hatte? Für ihn floß alles in eins zusammen: Vorausbestimmung, Schicksalsergebenheit, die Ordnung der Dinge, eine sich verändernde Gesellschaft, der wachsende Graben, das sterbende Tal, Gipfel, die vor Kummer vergehen ...

Ich betrachtete ihn mehr als ich ihm zuhörte. Die Erinnerung an ihn ließ mich nie los.

Er verlor das Augenlicht, als ich fünf Jahre alt war, und ich weigerte mich zu glauben, daß er blind war. Er hatte die Augen offen, sie schauten so normal wie die Augen aller anderen Leute.

Ich hörte sagen, die weißen Ärzte in der Stadt könnten ihn behandeln, aber er wollte nicht; er behandelte sich selbst mit der Galle aus der Leber eines Raben. Der Dorfhirte ging jeden Tag für ihn auf die Jagd. Wenn die Galle herausgenommen war, zündeten die Neffen und Nichten und ich hinter dem Baobab heimlich ein Kochfeuer an und brieten uns den Raben.

Der Vater hat sein Augenlicht trotzdem nicht wiedergefunden. Bei jedem Besuch habe ich ihn gefragt, warum er sich nicht in der Stadt behandeln lassen wolle, und jedesmal hat er mir lachend geantwortet, er habe schon alles gesehen.

»Aber mich siehst du nicht; ich bin gewachsen, weißt du, ich kriege schon einen Busen, gib mir die Hand, fühl mal.«

Ich nahm seine Hand und legte sie auf die noch winzigen Brustspitzen.

»Meine Nase ist flach, woher kommt das?« fragte ich ihn, und er lachte schallend.

Er benutzte sein Alter als Vorwand dafür, daß er nicht zu sehen brauche - nicht *mehr* zu sehen brauche -, was ihn umgab, und daß er auch ohne Augenlicht die ungewöhnlichsten Dinge in den Schatten entdeckte.

Damals war ich noch sehr jung und habe nicht darauf bestanden, zu erfahren, was er dort sah. Wie ich das später bedauerte! Der Vater war eine Quelle des Wissens und der Erfahrung.

Als ich mich von ihm verabschiedete, sagte er mir nur, daß wir uns in diesem Leben nicht wiedersehen würden und eines ihn traurig mache: Er würde niemals meine Kinder in den Arm nehmen können. Mir tat das Herz weh bei diesen Worten. Ich versprach ihm, bald wiederzukommen und ihm dann vielleicht auch einen Enkel mitzubringen. Ich meinte es aufrichtig, aber ich war gar nicht sicher, ob es auch so kommen würde.

Der Abschied von meiner Mutter verlief ganz anders; ich lebte mehr mit ihr als mit meinem Vater. Sie hatte mir Hirsekrapfen gebacken, die man lange aufbewahren konnte, und dazu Mbourâke aus Couscous und gegrillten Erdnüssen, das beste Mittel gegen einen leeren Magen.

Sie gab mir den Rat, sehr vorsichtig zu sein im Land der Weißen: »Wenn man in einem fremden Land ist, darf man nicht viel reden und auch nicht viel herumlaufen oder viele Bekanntschaften machen; du darfst dich nur um deine Schule kümmern«, sagte sie beharrlich immer wieder und sprach von eigenen Erfahrungen.

Ich dachte überhaupt nicht an mein Studium. Mich interessierte nur eins: das Land der Weißen.

»Sei sehr vorsichtig mit den Leuten dort.«

»Ich pass' schon auf.« Es ärgerte mich beinahe, daß sie mir so etwas sagte, aber sie war die Mutter, und ich wollte sie ja verstehen; nur wartete ich jetzt so ungeduldig auf die Abreise, daß ich nicht mehr auf sie hören wollte.

Ich konnte kaum mehr schlafen, seit ich das Datum kannte. Ich verlor den Appetit. Tausend Dinge gingen mir durch den Kopf. Das blieb so bis in diesem Flugzeug, das immer höher und höher bis zu den Wolken aufstieg. Nichts erinnerte mehr an die feste Erde, die ich verlassen hatte; ich traute mich noch, durchs Bullauge hinauszuschauen, aber ich konnte nichts mehr erkennen. Flog das Flugzeug weiter, oder hing es reglos in der Luft? Jedenfalls waren wir abgeflogen, das beruhigte mich halbwegs. Ich war noch nie zuvor geflogen. Junge Mädchen und junge Männer servierten ein Mittagessen, Getränke, Bonbons.

So hatte ich mir ein Flugzeug nicht vorgestellt: Man konnte darin herumlaufen, auf die Toilette gehen, lachen, sich unterhalten, sich umarmen, man konnte darin leben, lieben und vielleicht auch sterben. Ein Flugzeug war ein Planet für sich. Wie ein Schiff, ein Zug, ein Auto. Alles, womit man aufbrechen konnte.

Wie die Füße.

Ich entwarf tausend Kartenhäuser, tausend Pläne, tausend Träume und ließ sie wieder einstürzen. Ich ging in die Toilette, sperrte mich ein, nahm den Kopf in die Hände und weinte; und ich redete mir zu, daß es ganz bestimmt einen Gott gibt.

Als ich mein verstörtes Gesicht im Spiegel sah, riß ich mich zusammen, schniefte, um den Tränenstrom zurückzuhalten, der noch in mir brodelte, wusch mir die Augen und ging schüchtern wieder auf meinen Platz, erfüllt von meinen kleinen Geheimnissen, so wie ich immer allein geweint habe. Die Mutter hat mich niemals weinen sehen.

Mein Herz und meine Seele bluteten weiter. Als ich mich wieder setzte, sagte ich mir, daß das nun lauter alte Geschichten waren, daß sich im Norden alles ohne Probleme arrangieren werde. Das Gelobte Land ... Die Qual dauerte jetzt nicht mehr lange.

Ich schloß die Augen, um mir meinen verschlungenen Weg durch das Labyrinth dieser Welt besser ausmalen zu können, durch eine Welt, die ich nur als Verzweiflung, Gefühlsleere und Trauer um den verlorenenen heiligen Hain kannte. Würde ich das Ziel erreichen? Oder blieb alles beim alten? Aber wie lange denn noch?!

Als ich die Augen wieder öffnete, war ich noch immer im Flugzeug, das nicht ahnte, was in mir vorging. Es wurde mir zuviel. Ich konnte nicht schlafen wie manche Fluggäste, ich konnte mich auch nicht konzentrieren und Zeitung lesen wie andere. Ich steckte in tausend Tumulten. Ich war wie zerteilt, in tausend Ichs auseinandergeschnitten.

Die gleiche weiche Stimme wie beim Start meldete sich aus ihrem Nirgendwo, schreckte mich auf und kündigte die Landung in Paris an. Wieder die Drehungen der Motoren. Ich klammerte mich wieder an den Sessellehnen fest, spürte das gleiche Ersticken, und in diesem Moment hörte ich wie durch Magie aus dem Grund meiner Erinnerung auch wieder das verzweifelte Blöken der Schafe. Ich hielt die Augen geschlossen, bis die Räder hart auf der Piste aufsetzten. Die Lautsprecher spielten sanfte Musik, und alle Leute begannen, ihre Sachen zusammenzusuchen, wie wenn sie aufbrechen wollten.

Es war Nacht. Alles war mit Licht überflutet. Endlich Europa, der Westen, das Land der Weißen, das Land der Tannen und des Schnees. Das Land »meiner Vorfahren, der Gallier« - wie oft hatte ich es in der Schule gelernt.

Ich wollte gelassen sein, aber meine Beine wurden wieder weich, und ich stolperte ein paarmal. ›Noch immer?‹ dachte ich. ›Was soll das? Ich bin doch angekommen. Was ist los?‹ Zittern überfiel mich wieder, und ich hatte Mühe, meine unbestimmte Beklemmung zu verbergen.

Wir mußten mit einem Autobus zu einem anderen Flughafen fahren, es wurde eine trübsinnige Fahrt. So hatte ich mir Paris überhaupt nicht vorgestellt. Erst später erfuhr ich, daß dieser Autobus um die Stadt herum auf der Umgehungsstraße gefahren war. Umgehungsstraße. Was für ein Einfall!

Hier gab es keine offizielle Verabschiedung. Es war ja nur ein Zwischenhalt. Ein anderes Flugzeug, nicht ganz so groß, nicht ganz so komfortabel, brachte uns nach Belgien. Gerade genug Zeit, um eine Limonade zu trinken, das Bonbon zu lutschen, das automatisch vor dem Start verteilt wird, sicher nur, um die Leute irgendwie zu beschäftigen, und schon landete die Maschine sanfter als die andere auf dem Flughafen Zaventem. Brüssel ... Noch eine Ankunft. Ich zitterte weniger, fast überhaupt nicht mehr. Ich war müde.

Vom Sonnenaufgang zu Hause bis zur Nacht hier, im Anderswo all meiner Träume. Ich war wie ein Kind.

Man nahm uns in Empfang. Nach kurzen Formalitäten fand ich mich mechanisch und gleichgültig samt meinem Koffer in einem anderen Autobus wieder. Dieser Bus fuhr mitten durch die Stadt, oft durch orangenfarbene Tunnel. Es war kalt. Ich trug Sommerkleidung und nur eine leichte

Strickjacke über den Schultern. Für die Reise hatte ich mein schönstes Kleid, mein Ausgehkleid, angezogen, denn nur das schien mir gut genug für die Ankunft im »Land meiner Vorfahren«. Ich hatte kalte Füße.

Die Busfahrt verlief in Schweigen. Jedesmal wenn wir aus einem Tunnel herauskamen, schaute ich nach rechts und links, betrachtete die riesigen Gebäude, die Geschäfte, die geschlossen und doch hell beleuchtet waren. Ein paar Passanten, ein paar Autos, die in alle Richtungen fuhren, manchmal sogar über unseren Köpfen. Trotz der Müdigkeit schaute ich hoch; ich hatte noch nie zuvor Autos hoch über mir fahren sehen, ein komisches Gefühl. War es Angst oder Staunen oder gar Bewunderung? Es war fast wie ein Wunder – und keineswegs lebensgefährlich.

Der Bus rollte beinahe zu lautlos durch diese erste Nacht in Europa. Nach einer halben Stunde waren wir da. Es regnete fein.

Ein quadratischer Platz, Laternen mit eher schüchternem Neonlicht, ein hohes, stilles Gebäude im Barockstil, mit vielen Fenstern. Hier sollte ich übernachten. Der Tür sah man schon an, wie massiv und schwer sie war. Bronzeklinken hoben sich deutlich vom dunklen Grün ab. Sie faßten sich eiskalt an, aber als ich eintrat, war es drinnen warm.

Schon lange, ehe ich nach Europa kam, wußte ich, daß in der kalten Jahreszeit die Häuser geheizt werden. Das hatte ich schon in der ersten Klasse der Oberschule erfahren, in einer Englischstunde, als es um die Jahreszeiten in Europa ging – »central heating« –, und ich hatte es nicht vergessen. Dieses Haus war etwas wie ein Heim für katholische junge Mädchen.

Der Empfangsschalter war Tag und Nacht geöffnet; das stand an der Haustür, und ich fragte mich, ob diese Leute denn niemals schliefen. Der Empfang war bestimmt und sachlich, und genauso war auch die Frau, die mich hinauf in den ersten Stock führte.

»Hier ist Ihr Zimmer«, sagte sie und blieb plötzlich vor einer Tür stehen. »Die Toiletten und die Duschen sind am Ende des Flures, links. Schließen Sie Ihre Tür gut ab. Frühstück gibt es von sieben bis neun Uhr unten im großen Speisesaal. Gute Nacht.«

»Danke«, sagte ich mühsam, ich hatte einen Knoten im Hals.

»Ach, das hätte ich beinahe vergessen. Das Licht können Sie hier ein- und ausschalten, so ...« Das Zimmer verschwand im Dunkeln und wurde wieder hell.

Das »Danke« klang wieder wie ein Schluchzen.

Als ich allein war, verschloß ich die Tür, wie die Frau es gesagt hatte, und öffnete dann leise das Fenster. Der Platz unten war feucht. Der feine Regen hatte aufgehört, und im Wind tanzten die welken Blätter wie Kinder. Ich fror wieder.

Wieder eine Erinnerung. Das war jetzt also der »Herbst«. In Afrika hatte ich es gelernt: »Im Herbst fallen die Blätter von den Bäumen, der Himmel ist oft bedeckt, es bläst ein kühler Wind, und es regnet.«

Ich schloß das Fenster wieder. Ich war gleichzeitig todmüde und hellwach. Es war ein kleines Zimmer mit einem kleinen Bett, einem kleinen Schrank, einem kleinen Tisch, einem kleinen Stuhl und einem kleinen Kreuz mit einem Christus über dem Bett.

Zum ersten Mal rief ich um Hilfe, rief nach den Meinen. Ich hatte Angst vor allem, was mich hier umgab, vor allem vor dem Alleinsein, vor der Kälte und vor dem kleinen Christus.

Oh, wie warm, lebendig und beruhigend die Schlafräume daheim im Dorf waren! Alle sind da. Der gleichmäßige Atem der kleinen Neffen, der Kinderschlaf voll Träume und Glück. Die Schwester ist da, die Mutter, und die Haustiere sind auch nicht weit. Wie schön, wenn alle beieinander schlafen.

Und jetzt mußte ich ganz allein in einem kleinen Zimmer in einem kleinen Bett schlafen, mit einem kleinen Christus über dem Kopf. Ach, unsere große Matratze daheim bei der Großmutter, wie in ihr das trockene Stroh knisterte, wohlig wie die Frauen der Casamance.

Nun, es wird schon alles gut werden, sagte ich mir. Ich wollte nun doch schlafen gehen. Zu viele Aufregungen an einem einzigen Tag. Ich setzte mich auf das Bett, stützte die Ellbogen auf die Knie, bedeckte mein Gesicht mit den Händen und weinte wieder und schüttelte dabei den Kopf, als ob ich alles ablehnen wollte. Aber warum heulte ich bloß? Ich war jetzt endlich in Europa, wie ich es mir so lange gewünscht hatte, genau wie ungezählte andere junge Mädchen aus aller Herren Länder.

Ich zog mich aus und achtete dabei sorgsam darauf, den kleinen Christus über dem kleinen Bett nicht anzuschauen, der auch nicht gerade sehr viel anhatte. Ich habe nie begriffen, warum in der katholischen Religion die Heiligen immer in solch unanständiger Aufmachung dargestellt werden. Der Oberkörper, der Bauch, seine muskulösen Schenkel, alles war nackt. Endlich lag ich zwischen den Laken, und nach ein paar erschöpften Seufzern knipste ich das Licht aus. Ich spürte immer noch den kleinen Christus über mir. Das Bett war zuerst eisig, aber es wurde schnell warm und angenehm, und ich kuschelte mich bequem hinein, so wie früher als

Kind an die fleischigen Schenkel meiner Großmutter. Ein Kind bist du, sagte ich mir.

Ich schlief beinahe vorsichtig ein, als ob ich sonst nie wieder aufwachen würde; dabei hatte ich es eilig, wieder wach zu werden und aufzustehen und dann all das nachzuprüfen, was ich in zwanzig Jahren gelernt, in mich aufgenommen, verstanden und nachgemacht hatte. Ich schlief fest durch bis zum Morgen, bis mich eine Glocke aus dem Schlaf riß; sie klang, als ob sie über meiner Tür hängen würde. Mir kam es vor, als hätte ich nur ein paar Augenblicke geschlafen.

Auf dem Weg zu den Duschen begegnete ich anderen jungen Mädchen, die auch dorthin gingen oder schon von dort kamen. Ich lächelte allen nur zu, ohne etwas zu sagen. Die Dusche tat gut und entspannte mich. Ich hörte Gelächter und Gesprächsfetzen in verschiedenen Sprachen.

Ich kleidete mich sorgfältig an, denn nach dem Frühstück mußte ich zur Studienstelle gehen, um die Anweisungen wegen der Kurse, der Studienbücher und dergleichen einzuholen. Ich trug Weiß, leuchtendes Weiß wie ein Lächeln aus dem Land Ndukumane, oder wie eine Jungfrau, die zum Opfer geht.

2

Im Gelobten Land. Endlich. Das Leben liegt vor mir. Adieu Einsamkeit! Das ganze Haus war voll von jungen Mädchen, Afrikanerinnen, Südamerikanerinnen, alle leicht zu erkennen, und noch leichter die Asiatinnen; alle im ungefähr gleichen Alter, große, kleine, keine wie die andere, und doch alle vom gleichen Schlag.

Der große Speisesaal faßte leicht hundert Personen oder sogar noch mehr. Schüchtern suchte ich mir einen Platz; ich wagte es nicht, mich umzuschauen, obwohl ich das gern getan hätte. Aber schließlich hatte ich Grund, mich unsicher zu fühlen, soviel Unbekanntes passierte gleichzeitig. Trotzdem bemerkte ich einiges, denn ich war aufmerksam. So fiel mir trotz aller Aufregungen, die sich aneinanderreihten, auf, daß uns das Personal, die Bedienung im Speisesaal, offensichtlich nur als eine gleiche Masse sah, eben »lauter Ausländer«; sie waren sicher gewohnt, das Jahr durch Hunderte im Haus zu haben. Sie taten ihre Pflicht wie die Roboter. So ging das sicher Tag für Tag, immer das gleiche, lauter junge Ausländerinnen.

Nun, ich ließ mir nicht den Appetit verderben. Und dann ging ich beinahe beschwingt zum zweiten Mal durch das schwere, dunkle Portal, das für mich in gewissem Sinne das Gegenstück zum kleinen Christus über dem Bett symbolisierte. Wirklich ein beeindruckendes Portal, so eines hatte ich noch nie gesehen.

Draußen überfiel mich Kälte, mit der ich nicht gerechnet hatte, aber sie war erträglich, herbstlich. Die Sonne kämpfte mit Regenwolken. Der kleine Platz lag vor mir; er war wohlgestaltet, schlicht und fein und schien Verständnis für meine Gefühle zu haben.

Nun mußte ich zur Studienstelle; ich hatte die Adresse, doch dies war mein allererster Gang auf europäischem Boden, und dann noch in Schuhen. Ich weiß nicht mehr, wer mir vor der Abreise geraten hat, ich müsse an der Stelle, wo ich nach der Ankunft den Fuß zum ersten Mal hinstellte, eine Handvoll Sand nehmen und mich damit einreiben. Am Flughafen hatte ich keinen Sand gesehen, aber auf dem kleinen Platz lag Sand. Es regnete wieder leicht, und ich machte mich auf den Weg.

Ich schaute mir die Straßennamen genau an, damit ich mich zurechtfand, aber zum Schluß fragte ich jemanden nach dem Weg, den ich nicht verloren hatte, weil ich ihn noch nicht einmal kannte.

Zum ersten Mal sprach ich mit einem Bewohner des Landes. Hier war nicht mehr das katholische Mädchenheim, nicht mehr das Empfangsbüro, nicht mehr das Personal im Speisesaal, nicht mehr die unscheinbare Frau, die mir mein Zimmer gezeigt hatte und wie man Licht ein- und ausschaltet. Es war jemand, der nichts mit all dem zu tun hatte, ein Mann mittleren Alters. Er schaute mich genauso an wie das Personal im Speisesaal, aber im ersten Moment achtete ich nicht darauf, die Menschenmenge in der Straße erdrückte mich schier, man hätte meinen können, es habe Feueralarm gegeben. Der Mann erklärte mir den Weg, ich bedankte mich mit einem freundlichen Lächeln, aber er war schon auf und davon.

Ich ging weiter. Wie schnell sie gingen, die Leute hier. Und ich war es doch gewohnt, die Füße in den warmen, vertrauten Sand zu bohren. Viel zu schnell gingen die Leute hier. Ich schlenderte so gelassen daher wie ein sattes Raubtier durch den Busch; ich wurde angerempelt, manchmal hin- und hergestoßen. Ein paarmal blieb ich stehen, um zu sehen, wie ich mich zwischen all diesen Menschen durch schlängeln konnte, die in allen Richtungen gleichzeitig zu rennen schienen.

Und niemand achtete im geringsten auf mich. Was war hier los? Brannte es vielleicht wirklich irgendwo? Oder ging die Welt unter? Habt ihr mich denn nicht gesehen? Mich wiedererkannt? Ich bin's doch ...

Beinahe hätte ich es gesagt, ich hörte mich schon, wie in einem Wachtraum. Ich verlor nach und nach den Kopf, und trotz der Frische wurde mir heiß, und ich habe wohl wirklich geschwitzt. Noch niemals zuvor hatte ich so viele Menschen auf einmal gesehen.

Eine Menge, wie verfolgt von irgendeinem Ungeheuer.

In den Straßen und Avenuen gab es ungefähr alle hundert Meter eine Bar, einen Teesalon, einen Pub, ein Restaurant. Die Leute rannten hinein und heraus, als sei es nur eine Verschnaufpause in einem ewigen Marathon, als ob sie ständig vor irgend etwas auf der Flucht wären. Wovor? Und warum grüßten sie mich nicht? Sie grüßten sich nicht einmal untereinander! Ich begriff überhaupt nichts. Wenn ich aus dieser Menge heraus wollte, mußte ich unbedingt auch den Schritt beschleunigen, sie würde mich sonst zertreten wie einen Wurm.

Verwirrt und benommen kam ich in der Studienstelle an, in einem riesigen Gebäude ganz aus Beton, Stahl und Glas. Wieder begegnete ich allen Nationalitäten, und wir wurden genauso behandelt wie im Mädchenheim, als Fremde. Aber hier ging es doch sympathischer zu, hier wirkten die Leute natürlicher. Eine sehr freundliche Dame kümmerte sich um die Stipendiaten aus meinem Land. Ich kannte sie noch nicht, hatte noch kein Wort mit ihr gesprochen, aber sie weckte auf den ersten Blick Vertrauen mit ihrem ausdrucksvollen, sprechenden Gesicht, wie es gesellige, warmherzige Menschen haben.

Von ihrem Büro hatte sie einen Ausblick über die Stadt, die mir so grau wie das Wintermeer vorkam. An den Wänden und unter der Glasplatte ihres Schreibtischs steckten Postkarten aus allen Sonnenländern. Ein paar Karten aus dem Senegal zogen meinen Blick an und entrückten mich sofort weit weg von diesem Büro, diesem Riesengebäude, dieser grauen Stadt und dieser lächelnden Frau. Zu meiner eigenen Überraschung sehnte ich mich aber gar nicht so sehr zurück zur Sonne, zur Hitze, zum blauen Himmel und dem Baobab, oder zum Schafsblöken, das mich bis ins Flugzeug verfolgt hatte. Ich kehrte sofort zurück in dieses Büro und schaute diese Frau nun auch lächelnd an. Zwischen uns herrschte sofort Einverständnis; ich war sicher, daß ich in ihr eine Verbündete gefunden hatte, und es erwies sich, daß das stimmte. Sofort klappte alles.

Als ich wieder hinauskam, versuchte ein schüchterner Sonnenstrahl, sich zu zeigen. Und ich fühlte mich etwas ermutigt. Ich hatte einen Scheck bekommen, um Winterkleidung und Bücher zu kaufen, und verschiedene Adressen für ein Zimmer, falls ich nicht im Mädchenheim bleiben wollte. Im Verhältnis zu meinem Stipendium war das Heim reichlich teuer, und außerdem hatte ich keine große Lust, in diesem kleinen Zimmer zu bleiben, mit dem kleinen Tisch, dem kleinen Stuhl, dem kleinen Schrank und diesem kleinen Christus über meinem Kopf. Irgendwie verursachte mir das alles so etwas wie ein schlechtes Gewissen mir selbst gegenüber.

Die Geschäfte zogen mich an wie Magneten. Ich fing an, alles mögliche zusammenzukaufen. Alle diese schönen Schaufenster verlockten dazu, Papier, Seife, Bonbons, Schals, Pullover, Kleider, Schmuck und Schlafanzüge zu kaufen, selbst wenn man das alles dann gar nicht benutzte. Es gab einfach alles. Beim Kaufen fühlte ich mich ganz wohl, da war ich weder eine Fremde noch ein Neuankömmling; ich war einfach eine Kundin wie alle anderen. Ich bezahlte, man gab mir gleichgültig das Wechselgeld.

Ich kaufte mir einen Stadtplan, und mein Orientierungssinn fand sich überall ganz gut zurecht, ich bemerkte gar nicht, daß ich schon beinahe so schnell rannte wie die anderen. Ich war erschöpft, aber das machte nichts; ich verstand auch nicht, warum. Es war die Euphorie, die man nach jeder Ankunft spürt, man ist wie leicht beschwipst.

An der großen Avenue entdeckte ich in einem Schaufenster Perücken. Zuerst zögerte ich ein wenig, dann trat ich ein.

»Guten Tag, was darf es sein, bitte?« Eine Verkäuferin tauchte abrupt vor mir auf.

»Ich habe nur geschaut«, stotterte ich. Was war bloß los mit mir, wo ich sonst so gut Französisch sprach?

Die Verkäuferin überließ mich nicht lange meinen Gedanken. »Einen Moment, bitte; ich habe da etwas, was Ihnen gefallen wird.« Sie kam mit einer Perücke auf einem Friseurpuppenkopf zurück. »Die ist sehr schön. Möchten Sie sie anprobieren?«

»Ach, ich wollte mich eigentlich nur umsehen, ich habe noch nie eine Perücke getragen.« Plötzlich war ich eingeschüchtert.

»Probieren Sie ruhig mal an.«

Sie brachte mir einen Spiegel, und es war einfach gräßlich. Sie sah selbst, daß diese Perücke mir überhaupt nicht paßte, weder zu meiner Hautfarbe und meinem Gesichtsschnitt noch zu meiner Kleidung. Es war eine Perücke mit sehr langem, dichtem und glattem braunen Haar, wie man sie in manchen Modezeitschriften sieht.

»Nein, die geht nicht«, sagte ich.

»Sie haben recht; Sie brauchen eine Afro-Perücke, das ist Ihr Stil. Diese Perücken passen eher zu Weißen, sie stehen Ihnen nicht, zu Ihrem schwarzen Teint. Tut mir leid, aber momentan habe ich gar nichts da, was für Sie geeignet wäre.«

»Danke«, sagte ich und ging.

Draußen überfiel mich Nervosität, eine innere Unruhe, wie Donnergrollen, das sich in der Regenzeit vor einem abendlichen Wolkenbruch nähert. Ich war verwirrt. Warum hatte ich eine Perücke kaufen wollen? Im Senegal gab es auch Perücken, und ich hatte niemals auch nur im Traum daran gedacht, mir eine zu kaufen. Und hier, urplötzlich, wollte ich eine haben. Es war beinahe traurig.

»Tut mir leid, aber momentan habe ich gar nichts da, was für Sie geeignet wäre«, und dabei hatte sie Hunderte von Perücken im Geschäft.

In einer Schaufensterscheibe sah ich mein Gesicht wie in einem Spiegel. Ich traute meinen eigenen Augen nicht. Dieses Gesicht konnte nicht mir gehören: Die Augen kamen mir schier aus dem Kopf, die Haut glänzte schwarz, ein furchterregender Ausdruck. Es verschlug mir den Atem, denn dieser Blick war mein Blick.

All diese Leute, die um mich herum vorbeiliefen, hatten eine Haut, die bis hinter die Ohren weiß war; sie waren alle weiß, hatten Haare in allen Farben, und manche trugen große Brillen.

Wie konnte dieses Gesicht da mir gehören? Jetzt verstand ich, warum die Verkäuferin gesagt hatte, sie könne nichts für mich tun. Ja, ich war eine Schwarze, eine Fremde. Ich berührte mein Kinn, meine Wange, um mich zu vergewissern, daß das wirklich meine Farbe war. Ja, ich war hier eine Fremde, das wurde mir jetzt zum ersten Mal richtig klar.

Ich riß mich zusammen, ich konnte nicht wie angenagelt hier mitten auf dem Bürgersteig stehenbleiben, mitten in der Menge, die mich bedrängte. Ich mußte zurück ins Mädchenheim. Den Weg fand ich ohne Mühe, was mich wunderte, weil ich in solch einem verzweifelten Zustand war und schier erstickte. Als ich voller Unruhe den kleinen Platz erreichte, fühlte ich mich sofort besser; er wirkte schon vertraut.

Es war Mittagszeit, und als die schwere Haustür in den Angeln quietschte, weckten Küchendüfte meinen Appetit. Ich brachte meine Einkäufe ins Zimmer und hätte sie gern gleich ausgepackt und anprobiert, aber ich mußte hinunter in den Speisesaal; ich hatte das Schild mit den Öffnungszeiten gesehen und durfte keine Zeit verlieren, wenn ich hier essen wollte. Natürlich hätte ich auch in ein Restaurant gehen können, ich mußte so oder so bezahlen. Ich hatte die Wahl. Aber ich wollte lieber hierbleiben, ich traute mich nicht mehr hinaus.

Ich erinnere mich nicht mehr, was ich gegessen habe; meine Gedanken waren restlos mit all dem beschäftigt, was ich an meinem ersten Vormittag in Europa erlebt hatte.

Es gibt ungezählte Gefühle und Nachgefühle, die niemand ausdrücken und erst recht nicht beschreiben kann. Ich glaube, wir drücken das, was sich in uns abspielt, niemals restlos aus; das übersteigt unsere Kräfte.

Nach dem Mittagessen wechselte ich ein paar Worte mit einem Mädchen aus Zaire. Ich weiß gar nicht recht, warum und wieso, aber irgendwie waren wir uns auf den ersten Blick sympathisch. Sie war jünger als ich, wirkte aber älter, weil sie schon mehr Frau war. Sie besaß den typischen Charme der jungen Mädchen aus Zentralafrika, lächelte immer und hatte manchmal eine richtige Kinderstimme. Wir verabredeten uns für den Nachmittag.

Ich kehrte in das kleine Zimmer zurück, dort war alles wieder an seinem Platz, ein unsichtbares Zimmermädchen schien es gemacht zu haben, ohne eine Spur zu hinterlassen.

Ich probierte die Kleidungsstücke, betrachtete den Krimskrams, den ich gekauft hatte. Ich machte mir ein Programm; ich mußte mich in der Schule anmelden und ein paar Landsleute besuchen, die schon seit einem oder zwei Jahren hier lebten. Und wieder durch die Straßen laufen und versuchen zu verstehen, warum die Bewohner dieses Landes mich nicht erkennen wollten und warum sie mich nicht grüßten.

Ehe ich ausging, sprach ich mit dem jungen Mädchen aus Zaire. Wir schmiedeten den Plan, zusammen eine kleine Wohnung zu suchen; das würde uns nur halb soviel kosten wie das Heim, und wir blieben beieinander. Nach zwei Tagen hatten wir die Wohnung gefunden. Aber die Bewohner des Landes grüßten mich noch immer nicht.

3

In unserem Haus wohnten etliche Studenten, und durch sie lernten wir belgische Mädchen und junge Männer kennen, darunter auch Louis, einen Agronomiestudenten, den irgend jemand eines Abends mitbrachte. Er erzählte von Afrika, hatte einen guten Teil seines Lebens dort verbracht, und das schien ihn wirklich geprägt zu haben. Er versicherte, daß er sich nur mit Afrikanern wirklich wohl fühlte, sich nur mit ihnen gut verstand. Seine belgischen Landsleute mochte er nicht, die Landschaft gefiel ihm nicht, das Klima bekam ihm nicht.

Nach ein paar Tagen spürte ich, daß Louis in mich verliebt war. Er starrte mich manchmal wie in Trance an und seufzte dann vernehmlich; oder er lächelte mich strahlend an und behauptete, er habe noch niemals so schöne Hände gesehen wie meine. Als Antwort lachte ich nur laut heraus. Ich konnte ihn gut leiden und war gern mit ihm zusammen, aber gleichzeitig sträubte ich mich gegen ihn, der Grund dafür lag wohl in meiner Umgebung hier.

Zu Hause hatte ich immer Wert darauf gelegt, mit einem Weißen befreundet zu sein. Mit vierzehn Jahren hatte ich einen Franzosen kennengelernt, der seinen Militärdienst im Senegal abgeleistet hatte. Es war der Tag vor seiner Abreise gewesen; wir hatten nur diesen einen Tag, und er kam vier- oder fünfmal wieder. Ich saß in einem Sessel, und er kniete vor mir und betrachtete mich, als ob er mich in sich aufsaugen wollte. Als die Sonne unterging, stellte er mir die ebenso schlichte wie schwierige Frage: »Ich fahre heute abend mit der ›Ancerville‹ ab, zurück nach Frankreich. Kommst du mit mir?«

Ach, diese dramatische Ader, die nur Halbwüchsige haben! Ich schaute ihn an, die Augen voll Tränen, bis ich ihn nicht mehr sehen konnte, und sagte ihm, ich würde ums Leben gern mit ihm nach Frankreich fahren, mit diesem Schiff, dessen Name allein mich schon weit in die Ferne versetzte. Und dabei wußte ich: Es war nicht möglich, ich war noch zu jung.

So fing mit Louis meine erste Liebesgeschichte in Europa an; eine Geschichte, die dazu diente, mir Klarheit zu verschaffen, mich hier einzufügen, mir selbst zu beweisen, daß ich genauso war wie sie, es keinen Unterschied zwischen uns gab: Sie und ich, wir hatten die gleichen Vorfahren.

Ich war sehr offen für Louis, wenn wir beide allein waren; in Gegenwart anderer, vor allem mit Afrikanern, war ich eingeschüchtert. Fast als ob ich mich ein wenig schämen würde, mich mit einem Weißen zu zeigen. Louis kam immer gleich nach seinen Vorlesungen zu mir, und wir blieben allein. Ich war nicht richtig verliebt; manchmal stieß er mich ab. Eine nichtsnutzige Geschichte. Ich hätte etwas ganz anderes gebraucht in dieser Zeit des tragischen Überganges, in die der Lauf des Lebens mich gestürzt hatte. Was ich brauchte, das war der offene Blick für die Wirklichkeit, für all die Realitäten, die sich in verschlungenen, trümmerhaften Traumlandschaften versteckten. Enttäuscht. Ich war enttäuscht, weil ich nichts anderes war als ich: meine Wirklichkeit! Aber ich wollte es nicht zugeben, und ich trieb mich auf die Suche nach dem Unmöglichen.

Daß ich mit Louis zusammenblieb, machte mich erst recht unruhig. Er wollte mich heiraten, mit mir Europa verlassen, hatte Angst, in den Regeln dieser Gesellschaft könnte unsere Ehe ein Verstoß sein.

Der Winter begann auf einen Schlag, beinahe ohne Vorwarnung. Die Nächte waren kalt. Die Tage waren kalt.

Von Natur aus war ich nicht besonders verfroren, aber sich in eine Wohnung flüchten können, eine geheizte Wohnung, wenn es draußen kalt ist, das war beinahe so, wie man sich als Kind in die Arme der Großmutter stürzte, um sich vor irgend etwas zu retten, mit pochendem Herzen, noch vor Schreck und schon vor Glück. Als dieser Winter begann, wurde ich schwanger.

Louis blieb jeden Abend bis spät. Manchmal schliefen wir zu dritt im gleichen Bett, das Mädchen aus Zaire, Louis und ich. Ich traf keinerlei Vorsichtsmaßnahmen. Ich war viel zu sehr damit beschäftigt, den Westen zu entdecken, hatte es viel zu eilig, anerkannt zu werden, im Trend zu liegen. Ich war in den Wolken, wie eine frisch vermählte Ehefrau. Ich konnte mir die Adresse eines Arztes beschaffen. Es war eine traurige, gesichtslose Straße. Die Hausnummer fand ich ohne Suchen; ich hatte das Gefühl, alle Häuser in dieser Straße hätten die gleiche Nummer. Ich läutete und trat ein.

Es war wie in einer Stellenvermittlung, Frauen aller Farben standen Schlange: Araberinnen, Afrikanerinnen, Frauen von den Antillen. Jeder sah man ihre eigene Tragödie an. Dabei sahen alle aus wie die jungen Mädchen aus dem katholischen Heim, aus dem ich ebendarum geflohen war, weil es ein Heim für ausländische katholische junge Mädchen war. Sie hatten alle diese gleiche Farbe an sich. Wir waren zusammen ohne es wirklich zu sein. Wir betrachteten uns, ohne uns zu sehen. Wir waren Frauen, und wir hatten gewiß diese gleichen Alpträume, die nur Frauen kennen.

Die eine vermutete eine Schwangerschaft; die andere hatte der Namenlose einer Nacht geschwängert. Die Frucht der Liebe, der Liebe gestohlen. Kein einziger Mann war in diesem Raum, der dem Vorzimmer eines Bordells glich. Sobald Frauen allein beisammen sind, lassen sie sich so gehen! Tausend Gedanken schwirrten mir durch den Kopf, Guye, mein Dorf, der Tag, an dem mein Lehrer für Geschichte und Geographie mich verführte, meine Reise nach Europa, meine Begegnungen und Erfahrungen hier, und vor allem: was mich nun in diesen Warteraum führte, wo mir klar wurde, daß die Frauen, alle Frauen, das gleiche Schicksal haben.

Eine Tür öffnete sich leise. Eine Gestalt, die eher einem Bluthund als einem Arzt glich, erschien kurz im Türrahmen.

»Die nächste!«

Niemand wurde mit Namen aufgerufen. Wir gingen eine nach der anderen hinein und sagten gewiß jede das gleiche. Die Wartezeit kam mir weder lang noch kurz vor; Bruchstücke von Gedanken surrten in mir herum; mir war weder warm noch kalt. Wie wenn alle meine Sinne beim Anblick des Kolosses ausgesetzt hätten. Dabei hatte er mich nicht erschreckt, ich vergaß ihn, wenn sich die Tür hinter ihm schloß.

Als ich an die Reihe kam, flatterte mein Herz wie in dem Augenblick, als das Flugzeug startete, sich von dem Boden löste, auf dem ich in meinem Dorf geboren worden war, das letztgeborene Kind meiner Mutter. Ich stand schwankend auf, meine Tasche fiel mir aus der Hand, öffnete sich, und der Inhalt verstreute sich auf dem schmuddeligen Parkett. Ich bückte mich, um meine Papiere einzusammeln, und sah dazwischen auf einmal eine weiße Hand, und, als ich aufschaute, ein fettes, breites Gesicht, das vor sich hin grinste. Unsere Blicke kreuzten sich, und ich bekam Angst. Angst vor ihm, Angst vor seiner Haut, die gar nicht weiß war, sondern bis hinter die Ohren ein altes, vergilbtes und kränkliches Gelb.

Auf einmal, ich wußte nicht, wie, saß ich in seinem Sprechzimmer vor ihm, die Augen von Tränen verschleiert. Er versuchte, mich zu beruhigen, indem er wie ein Hyäne kicherte; das machte er sicher mit allen Frauen so, die voll Gewissensbissen, Schuldgefühlen und Tränen zu ihm kamen. Ein Henkertyp. Er beutete die Frauen aus bis ins Innerste. Er grinste noch immer, um mich zu entspannen. Ich schloß die Augen, um seiner Züchtigung zu entgehen.

Aber ich sah ihn, erkannte ihn in den Schatten wie damals im Dorf die Hyäne in den mondlosen Nächten, angstvoll duckten sich die Opfer in den Boden, sie sahen sie nicht, plötzlich tauchte sie kichernd aus dem Nirgendwo auf.

»Also, erzählen Sie.« Der Arzt hatte mich auf meiner Flucht eingeholt.

»Was soll ich denn erzählen?«

»Was Sie hierhingeführt hat, zum Beispiel.«

»Das, was alle diese anderen Frauen hierhergeführt hat, die durch Ihre Hände gehen, nehme ich an.«

»Oh, Sie haben Phantasie!« Er lachte wie ein Betrunkener. Ein Riß ging durch mich hindurch. Am liebsten wäre ich aufgestanden und schreiend hinausgelaufen, aber ich hatte keine Kraft mehr. Alles war verschwunden, wie eine Fata Morgana. Ich holte tief Luft und weinte.

»Aber, aber, Sie sind doch ein großes Mädchen; kommen Sie, meine Kleine, ziehen Sie sich aus, und kommen Sie her, ich werde mal nachschauen, was da nicht stimmt.«

Er lachte wieder so widerlich. Ich zog mich aus, schüchtern wie eine junge Braut bei uns zu Hause, und fühlte mich so klein, als ob ich vor seinem Blick zusammengeschrumpft sei.

»Sie haben einen wundervollen Körper. Und diese Haut ... Ich verstehe.«

Ich sah ihn an, als ob er der Engel wäre, der die Toten besucht, sobald sie begraben sind, wie ich das gehört hatte, als ich noch klein war.

»Legen Sie sich hin.«

»Wo?«

»Da. Auf den Rücken. So. Entspannen Sie sich. Ich fress' Sie ja nicht auf.«

Ich hörte nicht mehr, was er sagte. Er verursachte mir eine Gänsehaut, und ich schauderte, als er seine beiden Hände auf meinen Bauch legte. Er merkte es und befahl wieder, mich zu entspannen.

»Ich werd' mal nachschauen.«

Er entfernte sich ein paar Schritte, um seine Instrumente zu holen, und ich wagte es, ihn von hinten anzusehen. Er glich einem Baumstamm.

Beim Anblick seiner Gummihandschuhhände wäre ich wieder am liebsten davongelaufen; ich hätte den Moment nutzen sollen, als er mir den Rücken zuwandte: zum Fenster hinausspringen und nackt durch das trübe Licht der Straße rennen. Ich sah mich wie der Blitz über das Pflaster sausen, keuchte beinahe, als ich mir das vorstellte ... Hatte er mich gehört?

»Geht's so?«

»Ja.« Es klang gepreßt.

»Entspannen Sie sich, verkrampfen Sie sich nicht so. Es wird nicht weh tun.«

Ich bekam nur noch mehr Angst. Seine Stimme war hart, sehr energisch und befehlend.

Mein Blick bohrte sich in die kahle Decke, der Himmel war mir damals immer vorgekommen wie eine umgekippte Kalebasse. Ach Gott, der Himmel meines Dorfes, wie gut er doch beschützte und beruhigte! Ich erinnerte mich an diesen Himmel, an den Tag, an dem die Mutter ein Kind verloren hatte. Wer konnte die Gefühle erklären, welche die Mutter an diesem Tag empfand?

Ich war damals noch klein, aber ich hatte alles verstanden, oder fast. Die Sonne war untergegangen, wollte aber noch nicht sterben, und ein purpurnes Leuchten ließ alles glühen. Es war die Stunde, in der die schwarze Haut kupfern wird, als Vorspiel der nächtlichen Liebe, erotische Einflüsterung, die von den Frauen ausgeht ...

Das Unglück fiel herab wie die Nacht. Die Mutter stöhnte, aber sie weinte nicht. Dann rührte sie sich nicht mehr; ich glaubte, sie würde nicht mehr atmen. Das Nachtmahl wurde trotzdem aufgetragen. In Schweigen. Wir waren zu dritt an diesem Abend: die Mutter, die Nichte und ich. Die Mutter aß nicht, sie kostete nur. Selbst wenn man nichts essen wollte, mußte man wenigstens ein wenig probieren, so wie bei manchen Peuls, die einem Gast niemals zu trinken oder zu essen anbieten, ohne zuerst selbst davon zu kosten. Die Mutter hatte die Strohmatte aus dem Sudan im Hof ausgebreitet.

Es war Vollmond, aber, in Trauer wie die Mutter, hatte er sich hinter fahlgelben Wolken verkrochen. Mein Kopf lag auf Mutters warmen Schenkeln, die mich an die Großmutter erinnerten. Böse war sie auf mich, die Großmutter, weil ich in die Französische Schule ging, später haßte sie mich regelrecht, betrachtete mich als Schande, und ich konnte sie nicht ausstehen. So kam es, daß ich an ihrem Todestag nicht bei ihr war; aber ich hatte sie am Tag zuvor im Traum als Tote gesehen.

Die Wolken wogten wie eine zum Gebet versammelte Menge. Ach Gott, wenn ich es geahnt hätte. Dieses Schicksal, das mich bis in diese gesichtslose Straße geführt hatte.

»Ja, also, Sie hat's erwischt.«

Es klang als ob er mir mitteilen würde, daß ich einen Schnupfen habe oder mit der Schulter in einen Durchzug geraten war.

Ich schwieg, als ob ich ihn nicht gehört oder nicht verstanden hätte.

»Also?«

»Ich weiß nicht, Herr Doktor.«

»Wieso wissen Sie das nicht? War es ein Weißer oder ein Schwarzer?«

Seine Frage überrumpelte mich wie die Springflut einen unachtsamen Schwimmer.

Ein Weißer oder ein Schwarzer? Was war denn das für eine Frage?

Ein Weißer? Ein Schwarzer?

Zum ersten Mal ging mir auf, daß eine Frau von einem Schwarzen oder von einem Weißen schwanger werden konnte. Plötzlich hatte ich ein schlechtes Gewissen; sträubte mich gleichzeitig gegen das schlechte Gewissen und konnte mir weder das eine noch das andere erklären.

Ein Schwarzer? Was war denn das für eine Farbe? War es das Spiegelbild im Schaufenster?

Weiß? War er das, Louis? Dieser junge Mann, der wie ein Kind für alles schwärmte, was afrikanisch war?

Auf diesem Untersuchungstisch, die Knie angewinkelt, verabscheute ich Louis bis zum Erbrechen. Ich wünschte, ich könnte die Berührung seiner Haut auf meiner auslöschen. Diese Haut, die ich nie bei Licht anschauen wollte. Sie machte mich unbehaglich. Ich schloß immer die Augen oder schaute weg, wenn Louis sich auszog.

Dann fiel mir meine Mutter wieder ein. Und dieser Abend, der die Nachricht herwehte wie der Harmattan ein Blatt vom Mangobaum, die Nachricht vom Tod des Sohnes in Obervolta. Wenn ich doch nur die Botschaft der Wolken verstanden hätte!

Und die Haut der Weißen spürte ich so, als ob Louis jetzt auf mir gelegen hätte; eine Träne befeuchtete mein Ohr.

»Ja, es ist ein Weißer.«

Die Feindseligkeiten waren eröffnet. Er fuhr hoch wie ein aufgescheuchtes Raubtier.

»Ich bin absolut gegen jede Rassenmischung. Jede Rasse muß für sich bleiben. Rassenmischung ergibt degenerierte Geschöpfe. Das ist kein Rassismus, ich spreche als Wissenschaftler. Sie sind schwarz, bleiben Sie bei Ihren Schwarzen. Und die Weißen bei den Weißen.« Ich hörte nicht mehr hin.

Alles kam zurück. Der Baobab. Die Sonne. Die Strohmatte aus dem Sudan. Der durchdringende Schrei. Die Bernsteinperle. Das klägliche Blöken des verirrten Schafes. Die Flugzeugmotoren. Der kleine Platz. Descartes, a, e, i, o, u, accent grave, accent circonflexe, der Gallische Hahn, Gymnastik. Der Kapitalismus, Der Trojanische Krieg, Karl der Große. Schritt zum Haus, das einzige, das allereinzige, das nach den Büschen am Nguer und Endlosigkeit duftete. Die Französische Schule. Die herabsinkenden Wolken. Sterne, die aus blutendem Himmel stürzten.

Ich faßte mich wieder.

»Herr Doktor, wie lange bin ich schon schwanger?«

»Zwei Monate. Ich kann es beenden. Deshalb sind Sie doch hergekommen, nicht wahr?« – »Ja.«

»Das kostet zehntausend belgische Franc. Haben Sie einen Tisch in Ihrem Zimmer?«

»In meinem Zimmer? Ja. Warum?«

»Der Eingriff wird bei Ihnen vorgenommen. Dies hier ist meine Praxis. Ich bin Arzt, Mademoiselle.«

Ich versuchte mir vorzustellen, was alle diese Frauen im Wartezimmer unternahmen, um daheim in der Wohnung einen chirurgischen Eingriff über sich ergehen zu lassen. Hatten alle diese Frauen eine Wohnung?

Wir vereinbarten einen Termin.

Ich informierte das junge Mädchen aus Zaire und Louis. Er war niedergeschmettert, als ich ihm erklärte, daß ich die Schwangerschaft abbrechen lassen würde; er wollte das Kind unbedingt haben. »Behalte es. Wir heiraten sofort und ziehen woandershin. Du kannst trotzdem weiter studieren.« Er weinte lange, wie ein Kind, das sich in den Finger geschnitten hat.

Ich ging aus und verlor mich in den düsteren Straßen des Bahnhofsviertels. Vor einer Baustelle dachte ich noch einmal über alles nach, was mir passiert war, seit meine Jungfräulichkeit, die mich mit generationenalten Sitten und Traditionen verband, durch meinen Geschichtslehrer dahingegangen war.

Schwangerschaften können die Farbe des Wetters haben, ich war alleine.

Diese chaotische Baustelle kam mir vor wie ein anderes Ich. Plötzlich war mir kalt, und ich lief nach Hause, die leicht ansteigende Straße hinauf, in der wir wohnten, Rue de Toulouse. Nichts als Pflastersteine.

Die Tür öffnete sich nach innen. Wärme schlug mir entgegen; das tat gut. Jeder Augenblick schien ein eigener Seelenzustand, brachte eine neue Stimmung.

»Wie geht's?« fragte das Mädchen aus Zaire mit ihrer singenden Stimme, schleifend wie die Bewegung der Abendwolken während der Regenzeit. Sie sah mich an wie einen ewigen Verlierer, der wieder einmal verloren hat.

»Möchtest du irgend etwas? Einen Tee?«

»Ja, gerne.«

Ich war traurig, niedergeschlagen, einsam und verbrachte die Tage allein. Louis kam nach den Vorlesungen zu mir, und manchmal schwänzte er sie; er schien eine schwere Last zu tragen, die doch meine war.

Ich verabscheute ihn bis auf seine Haut, diese Haut, die mich früher fasziniert hatte, wenn ich daheim im Dorf zwischen den hohen gelben Pflanzen träumte. Ich fand seine Haut nicht mehr weiß, sondern gelblich und manchmal rosa, vor allem wenn er aus der Kälte hereinkam, blaß wie ein Wüstengespenst. Er war wirklich unglücklich, aber was konnte ich tun?

»Wie geht es dir?« Er setzte sich zu mir, nahm meine Hand, die ich ihm gleich wieder entzog und unter der Bettdecke versteckte. Mich schauderte vor Widerwillen. Wie war das möglich? Wie konnte es soweit kommen? Ich hatte mit ihm Leidenschaft erlebt.

Er kündigte mir den Besuch seiner Mutter an und bat mich, nicht gekränkt zu sein, falls sie mich sehr kühl behandele.

An diesem Vormittag lag ich auf dem Bett, wie jetzt immer öfter. Das Fenster ging direkt auf den Bürgersteig, und ich betrachtete das Schauspiel dort draußen, die Straße voll Beine: Männerbeine, Frauenbeine, Beine in Röcken, Beine in langen Hosen, dicke und dünne, lange und kurze, flinke und schwerfällige. Ein Paar elegante Beine zögerten vor dem Fenster, und ich war sicher, das mußte Louis' Mutter sein. Ich hatte sie noch nie gesehen; man hatte nicht einmal mit dem Gedanken gespielt, daß wir uns kennenlernen sollten. Ich begriff auch nicht, warum sie jetzt zu mir kam. Jedenfalls hatte ich die Wohnungstür nicht wie sonst verschlossen, als am Morgen das junge Mädchen aus Zaire zu ihren Vorlesungen gegangen war. Ich blieb liegen und wartete, hörte, wie die Haustür aufgestoßen wurde, die gleich neben dem Fenster lag, dann ein Klopfen an unserer Tür.

»Herein.«

Sie konnte mich nicht sehen, denn ich lag noch immer auf dem Bett, und es gab nur das Licht des Wintertages.

»Guten Tag, Madame.«

Ihr Blick folgte meiner Stimme, und sie entdeckte mich. »Guten Tag, Mademoiselle.«

Ich stand auf, machte Licht und bot ihr einen Stuhl an. Sie fragte, ob sie sich auf das Bett setzen könnte.

»Bitte, aber ich habe Bauchweh.«

»Ach nein, das ist unmöglich! In deinem Zustand hat man kein Bauchweh.«

Warum steckte sie ihre Nase in meine Angelegenheiten? Was wollte sie eigentlich? Was hatte sie mit mir vor, und warum duzte sie mich einfach? Genau die Art von Vertraulichkeit, die ich verabscheute.

»Wieviel hat der Arzt von dir verlangt?«

Dieses »Wieviel?« schockierte mich. Sie benahm sich nicht wie eine Mutter oder wie eine Frau. Dabei hätte sie meine Mutter sein können. Meine Mutter war weit weg, und ich war ganz allein. Ich nannte die Summe, ohne ein weiteres Wort.

Sie erhob sich in aller Ruhe, sagte »Auf Wiedersehen« und verschwand.

Abends drängte Louis mich von neuem, ihn zu heiraten, das Kind zu behalten, mit ihm zu verreisen, am besten nach Afrika. Das kam für mich überhaupt nicht in Frage. Ich hatte Afrika vor kaum drei Monaten verlassen; wie konnte ich mit einem weißen Ehemann und schwanger zurückkehren?

Der Eingriff fand also in unserem Zimmer statt, in diesem besseren Keller, der jetzt im Winter feucht wurde. Das junge Mädchen aus Zaire diente dem Arzt als Assistentin. Ich wurde ohne jede Vorwarnung eingeschläfert. Als letztes sah ich dieses dicke, gedunsene Gesicht, das sich dicht über mich beugte. Warum waren es immer nur Männer, die die Frauen zuerst in Schwierigkeiten brachten, und zu denen die Frauen dann gehen mußten, um sich bei ihren Problemen helfen zu lassen? Der Arzt packte seine Instrumente ein und verschwand, wie er gekommen war. Ich hörte sein hämisches Lachen und brach in Tränen aus.

Die anderen afrikanischen Studenten in unserem Haus waren mit einer Italienerin befreundet, und ich lernte sie gerade zur richtigen Zeit auch kennen. Meine Begegnung mit Leonora verschaffte mir einen neuen Begriff von den Beziehungen zwischen Frauen; sie weckte mein feministisches Bewußtsein. Ich werde immer dankbar sein, daß ich Leonora kennengelernt habe. Sie kam jeden Tag, machte sauber und bezog mein Bett mit frischen Laken; sie gab mir gute Ratschläge, wie ich das ohne Infektion überstehen konnte. Ich hatte keine Schmerzen, ich bekam auch keine Infektion. Ich war wie tot; nicht der chirurgische Eingriff, sondern die Abtreibung als solche drückte mich nieder.

Trotzdem kam ich allmählich wieder zu mir.

Leonora war so unermüdlich um mich besorgt, daß es beinahe so schien, als könne sie sich verdoppeln: eine Leonora bei mir und eine an ihrem Arbeitsplatz.

Es kam eine Zeit, in der ich versuchte, das unmögliche Absolute zu erreichen. Meine ganze Kindheit und Jugend waren im Nebel der ständigen Suche nach dem Unendlichen verlaufen. Bis heute ist keine Frage beantwortet, aber im Grunde habe ich die Ausschaltung des Instinktes nie hinnehmen können, diese unbestimmte Haltung ohne eigenen Antrieb, diese Unterwerfung unter eine festgefügte Sklaverei, die man Schicksal nennt.

Der Kolonialismus hat alles in Verwirrung gestürzt. Und das Bewußtsein ist erstickt in diesen faszinierenden und schrecklichen Welten der Entfremdung. Aber ich wollte mir dessen nicht bewußt werden, ich wollte nicht darauf reagieren. Ich weigerte mich zu glauben, daß der Kolonialismus die einzige Ursache sei.

Wäre ich dortgeblieben, wie vor dem Tag der Bernsteinperle im Ohr, hätte ich niemals eine Abtreibung erdulden müssen. Ein System hergebrachter Werte, eine natürlichere Einstellung zur Sexualität verhindern solch eine Situation, zusammen mit der sehr frühen Heirat der Mädchen. In traditionellen Dörfern ist Abtreibung selten. Es gab uralte Mittel, um eine Schwangerschaft zu beenden, wenn sie sich nicht in die Gemeinschaft fügte oder dem persönlichen Ruf schadete. Nur die betroffene Familie kümmerte sich um das Problem, und in ihr wieder nur die Frauen, meistens die Mutter des Mädchens und die Schwester seines Vaters, ihre Tante. Unverheiratete Mütter gab es nur bei Vertreibungen und Flucht; jeder Exodus veränderte die Werte.

Leonora erzählte mir, daß sie auch schon einmal eine Abtreibung überstanden hatte. Ich fragte mich, ob Frauen nicht überall das gleiche erleben.

Eines Tages lud Leonora mich zu einem Spaziergang im Wald ein. Es war noch immer Winter, eine gute, klare Kälte.

Für diesen ersten Ausgang nach solch langer Zeit hüllte ich mich in einen beigen Mantel; ich war bereit, als ich ihr Auto – italienisch wie sie – die Rue de Toulouse herauffahren hörte. Leonora hatte ihre Arbeit heute ziemlich früh beendet. Die Fahrt verging unter gegenseitigen Geständnissen.

Leonora war mit einem afrikanischen Studenten liiert, aber das ging nicht sehr gut. Nach allem, was sie mir erzählte, gehörte ihr Student zu den zahlreichen afrikanischen Studenten, die sich eine weiße Freundin suchen, damit sie gut versorgt werden, und auch um vor der weißen Umgebung die Sage von der Super-Sexualität des schwarzen Mannes hochzuhalten. Außerdem ist die weiße Frau noch immer das verdrängte Wunschbild des kolonisierten Afrikaners, der sich durch ihre freie Haltung angegriffen fühlt. Die »Toubab«, die weiße Frau, gewöhnt an ausgedehnte Vorspiele, entdeckt dann im Schwarzen oft einen plötzlich enthemmten Gehemmten, der sie mit Gewalttätigkeit nimmt. Enttäuschung, und erst noch Schuldgefühl, Sexualität, das ist Kultur und Atmosphäre.

Leonora weigerte sich, zu der Kategorie von Weißen zu gehören, zu diesen »Negerliebchen«, die wegen des Sex mit Afrikanern verkehrten, und weil das eben irgendwie originell war.

Der Wald von Soignes war schön. Es war schon später Nachmittag, und die untergehende Wintersonne tauchte Leonora und mich, die Bäume und Wege in einen Lichtschein, der wie ein Regen aus Goldstaub schien. Ich war glücklich, hier und in Leonoras Gesellschaft zu sein. Warum verbrachten Frauen nicht mehr Zeit miteinander?

Hier war es wunderbar still und ruhig. Dieser kalte Duft des Waldes machte Lust, zu rennen und zu springen wie ein Kind, und zu lachen. In der Natur wird man immer wieder zum Kind. Ich schlenkerte mit den Armen, meine Beine fanden ihre Beweglichkeit wieder, wie früher daheim im Dorf, wenn ich stundenlang im Busch herumstreunte, der mir so vertraut war.

Wir sprachen über unser Leben; die Umgebung, alles paßte zusammen. Dann liefen wir lange schweigend.

Welch eine Achtung Leonora vor der Stille hatte ... Wir blieben an diesem Zufluchtsort, bis ich ihre blitzenden Augen hinter der Brille und ihr weiches Lächeln nicht mehr erkennen konnte. Wir schauderten gleichzeitig vor Kälte und Wohlbehagen.

Ich kehrte entspannt und beinahe zuversichtlich in unsere Kellerwohnungen zurück. Meine körperliche und seelische Erholung ging schnell voran, das verdankte ich Leonora, die mir in solch kurzer Zeit alles gebracht hatte, was ich von den Meinen seit zwanzig Jahren erwartete.

Ich ging wieder in meine Kurse; ich hatte sehr viel versäumt, aber ich holte schnell wieder auf, ohne mir richtig bewußt zu werden, daß diese Schule mich immer weniger interessiert, in der ich nur durch Zufall und schlechte Information gelandet war. Ich näherte mich ein wenig meinen Landsleuten, besuchte sie hin und wieder, ging mit ihnen essen und in die Nachtklubs, in denen nur Schwarze und »weiße Freundinnen« verkehrten. Aber wir waren zusammen, ohne zusammenzusein. Wir hatten nicht die gleichen Sorgen: Sie fühlten sich wohl im Nebel des Kompromisses, und ich suchte noch immer. Im Grunde wollte ich gar nicht mit ihnen leben!

Leonora traf ich regelmäßig. Sie wohnte in einem Appartement voll Tageslicht, dessen Fenster auf einen Platz voll Grün schauten, auf Parkbänke, wo kleine alte Leute mit den kleinen Vögeln sprachen, auf einen Teich, auf dem Schwäne und Enten so schwerelos dahinglitten wie die leise Brise, die die alten Steine der Wohnhäuser rundum streichelte. Und die Straße, in der ich wohnte: so trübsinnig wie eine verlassene Frau!

Wir gingen oft zusammen aus, und durch Leonora lernte ich viele Leute kennen. Wir gingen in Restaurants, besuchten Ausstellungen. Wir diskutierten über die Probleme der Frauen in dieser zweiten Hälfte unseres zwanzigsten Jahrhunderts. Ich war oft mit Weißen zusammen, mit ihnen konnte ich besser diskutieren, ich verstand ihre Sprache. Zwanzig Jahre lang hatte ich nur ihre Gedanken und Gefühle gelernt. Ich wollte mich mit ihnen wohlfühlen, aber in Wirklichkeit wurde ich enttäuscht: Ich identifizierte mich mit ihnen – aber sie sich nicht mit mir. Immer mehr wurde mir bewußt, daß wir nur ein Spiel miteinander spielten.

Leonora machte eines Tages eine Bemerkung dazu: »Hör auf, so zu tun als ob. Sei einfach du selbst.«

Aber wer war ich?

Da wußte ich, daß Leonora mein Leiden nicht erkannt hatte, und ich verschloß mich immer mehr darin. Wenn ich mit ihr zusammen war, tat ich mir keinerlei Zwang an, aber ich öffnete mein Inneres nicht.

4

In einem Restaurant lernte ich eines Tages Jean Wermer kennen. Er kam daher wie ein arabischer Prinz. Sofort interessierte er sich für mich, und weil er zu Leonoras Freunden gehörte, stellte sich schnell Vertrautheit zwischen uns her. Er machte mir diskret den Hof, augenzwinkernd, wie manche Belgier das so können. Es herrschte noch immer eine Winterkälte, die einen freudezitternd in warme Arme stieß.

Es war noch nicht lange her, seit ich diese Abtreibung überstanden hatte; sie hatte mich mitgenommen, und ich dachte, mit Jean Wermer könne ich wieder mein Gleichgewicht finden.

Ich verbrachte die meiste Zeit mit ihm; er war Maler und lebte allein in einem Haus, das ihm als Atelier, Wohnung und Galerie diente. Das Erdgeschoß war mit Teppichen und Decken aus dem Hohen Atlas ausgestattet; im ersten Stock lagen die große weiße Küche und das orangefarbene Wohnzimmer; im zweiten Stock war das Atelier, hell und mit einem Erkerfenster über dem Volvoendal-Park. Es schien, als ob das Haus mitten im Park liege. Licht, Weiß und das Grün ... Das Dachgeschoß, eine Mansarde mit Halbstock und Fenstern, die sich zum Himmel öffneten, diente als Schlafzimmer.

Als ich ihn kennenlernte, war Jean Wermer gerade frisch geschieden. Durch seine drei Kinder lernte ich seine Ex-Frau kennen, und uns verband vom ersten Tag an herzliche Kameradschaft. Sie lebte jetzt mit einem Tutsi aus Ostafrika zusammen. Bald ließ ich die Rue de Toulouse und alles, was mit ihr verknüpft war, zurück und zog zu Jean.

Zum ersten Mal wohnte ich mit einem Mann zusammen. Ich entdeckte neue Menschen, ein neues Milieu, und dieses neue Leben schien mir wunderbar. Frühling und Sommer verschmolzen für mich. Ich wurde mondän: Einladungen annehmen und geben, Vernissagen, Begegnungen mit Menschen aus einem anderen Universum. Nichts war mehr so, wie ich es in meinen Schulbüchern gelernt hatte. Jean und ich paßten scheinbar gut zusammen. Nach und nach erzählte er mir sein Leben. Ich fühlte mich wohl.

Er wollte nicht, daß wir ein bürgerliches Paar seien. Was meinte er damit? Ganz offensichtlich waren wir daheim im Dorf nicht genau auf dem laufenden, was die Lebensweise unserer »Vorfahren« anging. Ich lernte meine Lektion in Liberalität, denn ich wollte mithalten. Jean lachte und unterhielt sich mit anderen Frauen, ging mit ihnen aus, verbrachte einen Teil der Nacht bei ihnen.

»Warum machst du das nicht auch so?« fragte er.

Ich war schockiert und antwortete: »Ich langweile mich nicht mir dir.«

»Das ist keine Frage der Langeweile; es geht darum, völlig frei zu leben und das zu tun, was du willst.«

»Genau das tu ich ja; ich möchte daheim bleiben, lesen, schreiben, warten, und ich langweile mich nicht. Mir gefällt es so.«

»Das ist doch kein Leben!«

»Mir ist es recht so, Jean.«

»Oh nein, du willst nicht selbständig sein, das mußt du zugeben.«

Von da an schloß ich eigene Freundschaften, ging auf eigene Faust mittags und abends zum Essen aus, telefonierte mit Freunden, verbrachte die Abende mit anderen Leuten.

Künstlerleben! Für mich war das etwas Neues, und es gefiel mir. Nur hin und wieder meldeten sich Erziehung und Tradition, gewannen die Oberhand, und dann fühlte ich mich hin- und hergerissen, uneins mit mir selbst.

Ich spielte das Spiel der westlichen Welt so gründlich, daß wir das Gefühl hatten, Jean und ich, es gäbe nichts mehr zu erklären. Die kleinen Vögel im Park, der Wind mit all seinen Gerüchen von Natur – ich hätte springen und jauchzen wollen wie ein sorgloses Kind. Die Tage, die Abende waren ausgefüllt mit Entdeckungen und Begegnungen. Trotzdem war ich nicht restlos zufrieden; ich suchte im stillen nach einer Erklärung für die Leere in mir.

Eines Abends ging Jean allein aus. Ich blieb allein zu Hause, las, hörte Musik und genoß die Wohltat, allein zu sein. Es wurde sehr spät, Jean kam nicht zurück, und ich fing an, mir Sorgen zu machen, dachte jedoch nicht an einen Unfall, sondern daran, wo und mit wem er nur sein mochte.

Die schreckliche Unruhe des Wartens. Ich wollte ja dieses Leben, also mußte ich mich daran gewöhnen, aber einfach war es nicht. Daheim im Dorf betrogen die Männer ihre Frauen nicht. Man verbrachte die Abende zusammen, bis vor den Blicken aller anderen Leute und seiner Ehefrau der Mann eben ein Auge auf eine andere Frau warf.

Die Stunden zogen sich endlos. Ich legte mich im Wohnzimmer auf den Diwan, aber ich schlief schlecht und wachte am frühen Morgen frierend und zerschlagen auf. Endlich erschien Jean, gab mir zur Begrüßung zwei flüchtige Küsse auf die Wange und bat mich, in die Galerie hinunterzukommen. Mein Herz klopfte, daß es mir beinahe den Atem abschnitt, dabei wollte ich doch ganz ruhig bleiben. Wir gingen die Stufen hinunter, die er selbst leuchtend schwarz gestrichen hatte in diesem Haus aus Weiß und Licht. War jemand gestorben? Aber er schien eher verlegen als erschüt tert zu sein. Noch nie zuvor hatte er mir auf solche geradezu feierliche Weise erklärt, er habe mit mir zu reden. Das war rätselhaft und verstärkte meine Unruhe. Wir verbargen niemals irgend etwas voreinander. Böse Vorahnungen überfielen mich.

»Ich habe mir überlegt, daß ich es dir sagen muß«, begann er. »Du weißt, ich fühle mich wohl bei dir, und ich kann dir auch nicht alles erklären, es hängt mit meiner Kindheit zusammen: Ich bin gern mit Männern zusammen.«

»Was ist denn dabei?«

»Du hast mich nicht verstanden. Ich habe homosexuelle Neigungen.«

Ich sank beinahe um, auf dem niedrigen Diwan, wo wir nebeneinandersaßen, zwischen bunten Kissen und auf einer schwarzen Leinendecke, die wir zusammen ausgesucht hatten. Homosexuell!

»Ich liebe die Frauen, aber das ist nicht das gleiche, nicht die gleiche Art Beziehung. Ich bin glücklich, wenn ich mit dir zusammen bin, aber ich brauche auch die Zuneigung, die Zärtlichkeit eines Mannes. Wenn ich mit einem Mann zusammen bin, genieße ich seine Umarmung, aber weiter geht das nicht. Es ist ein Bedürfnis nach Zärtlichkeit. Ich bin gestern abend nicht nach Hause gekommen, weil ich die Nacht mit einem Mann verbracht habe.«

Was sollte ich ihm darauf antworten? Ich wußte, daß es Homosexuelle gibt, auch im Senegal gibt es sie. Ich hatte selbst einmal einen homosexuellen Sklaven, wie ein Erbstück aus einer langen Tradition übernommen. »Gor Djigen«, so wurde er genannt. Für mich war das eine sehr unklare Vorstellung geblieben. Und Jean war verheiratet gewesen, hatte drei Kinder und benahm sich nicht wie die »Gor Djigen«.

»Ich habe homosexuelle Neigungen, nur Neigungen«, beharrte er. »Und du bist meine Schöne.« So nannte er mich, oder seine »Prinzessin«.

Unser Leben verlief weiter wie bisher, mit Vernissagen und mondänen Anlässen, auf denen man, ich weiß nicht warum, von einfach allem, einschließlich der Farbe des Toilettenpapiers, reden mußte. Ich hatte den Eindruck, daß Jean im Grunde genommen nur versuchte, Homosexueller zu werden, weil das damals bei Künstlern und Intellektuellen irgendwie in Mode kam.

Ich spielte mit und prahlte sogar damit, daß ich mit einem Homosexuellen zusammenlebte. Dabei blieb mir das alles sehr fremd. Wir verkehrten in den Homosexuellen-Lokalen rund um die Grande Place in Brüssel; ich ging so weit, Bekanntschaften für Jean aufzulesen, und war bald bekannt mit diesem Milieu, in dem man gleichermaßen auf einzigartige wie auf gemeine Menschen stoßen konnte.

Ich entdeckte die besondere Freundlichkeit und Aufmerksamkeit der Homosexuellen zu Frauen. Das Milieu mißfiel mir nicht; es war mir eine neue Welt, aber ich wurde immer mehr darin verwickelt. Meine Landsleute schienen mir sehr weit weg.

Zwischen zwei Gläsern Champagner in einer Ausstellung in der Galerie Empain lernte ich Laura kennen; Haare so lang wie die Lianen der Savanne, ein hübsches Gesicht, lachende Augen, blitzende Zähne, braune Haut wie eine Polynesierin. Laura beeinflußte mein damaliges Leben ein wenig, so wie viele andere später auch. Sie bedeutete mir Offenheit und Toleranz, ich besuchte sie eifrig. Ihre Lebensweise gefiel mir, bei ihr fühlte ich mich nicht in der Fremde.

Lag das an ihren Sofakissen aus Affenfellen aus Zaire? Wir schienen die gleiche Sprache zu sprechen, die gleiche Musik zu hören. Es waren die Jahre, in denen die westliche Welt Geschmack an Exotik fand. Was uns unterschied: Sie war eine Weiße, reich, verheiratet, hatte gleichzeitig seit zehn Jahren einen Liebhaber, und ich war eine Schwarze, »leicht verrückt«, eine Abenteurerin.

Eine Künstlerin. So war eben das Leben der Künstler und Großbürger. Der Künstler war immer ein wenig wie der Großbürger: Er durfte sich alles erlauben.

Zu dritt leben war nichts Besonderes in meinem Dorf, ein Mann konnte drei oder vier Frauen im gleichen Haus haben. Aber eine Frau mit zwei Männern!

Ich war oft bei Laura zu Hause, aß dort, schlief sogar manchmal dort. Meine Beziehung zu ihr war ein bißchen verworren; ich wußte nie, welche Gefühle ich nun wirklich für sie hegte, aber von ihr erfuhr ich immer nur Freundlichkeit, Zuneigung, vermischt mit einer Art Schuldgefühl. Warum?

Laura kümmerte sich auf andere Weise um mich als Leonora; Laura bedauerte mich, Leonora half mir. Laura gefiel alles, was mir gefiel; sie brachte mich sogar dazu, Launen zu zeigen, und sie beugte sich meinen schrulligen Einfällen. Ich fragte mich, ob sie vielleicht in mich verliebt war, ob sie mich richtig gern hatte oder nur mit mir herumspielte; jedenfalls wußte ich nicht, woran ich mit mir selbst war. Ich entdeckte Luxus-Restaurants, Luxus-Wochenenden, Luxus-Leute – den Westen in seiner freizügigen Dekadenz. Und ich spielte meine Rolle sehr gut! Ich war der Spielstein, den diese Menschen brauchten, um ihre uneingestandenen Schuldgefühle loszuwerden. Ich war überall gleichzeitig und fiel überall auf, denn ich war eine Schwarze und obendrein elegant und hübsch und kannte ihre Sprache und Zivilisation. Man staunte darüber ...

Von ihrer Dekadenz hatte ich mir - vorher - kein Bild machen können, weil ich zwanzig Jahre lang nichts anderes über sie gelernt hatte als ihre Überlegenheit. Warum spielte ich weiter ihr Spiel, wo ich doch all das im Grunde begriffen hatte?

Die Begegnung mit einer Argentinierin in einem griechischen Restaurant brachte mir die Bekanntschaft mit Drogen. Es war ein billiges Restaurant, ein Schmelztiegel der Rassen und Ideen, Treffpunkt für echte und falsche Intellektuelle, echte und falsche linke Studenten, Hippies und Homos, all diese westlichen Randexistenzen, die sich gedankenlos in Alkohol, Drogen und Gruppensex stürzten.

Ich war an dem Abend allein und geriet an eine Clique, die mir wie Zigeuner von wer weiß wo vorkamen, darunter ein Mädchen mit dichtem, langen Haar, das mich unentwegt anlächelte. Wir kamen ins Gespräch, und sie gaben mir ihre Adresse. Also besuchte ich sie eines Abends, um unter die Leute zu kommen, wie Jean das wünschte, und auch um zu sehen, wie ich mit meiner neuen Lebensweise zurechtkam.

In dem Haus lebten über zehn Personen, und tausend andere gingen ständig ein und aus. Alle Nationalitäten trafen sich dort, vor allem Verfolgte aus Südamerika. Es gehörte zum guten Ton, einen Chilenen zu beherbergen.

Diese Wohngemeinschaft wurde von einem Mäzen geleitet, einem Beamten bei der Europäischen Gemeinschaft. Alle halfen beim Kochen, und im Eßzimmer stand ein riesiger Tisch für zwanzig Personen. Ich schloß so leicht Bekanntschaften, als hätte ich sie alle schon seit immer gekannt. Das Abendessen verlief vergnügt, die Unterhaltung nach dem mir schon vertrauten Schema: »Mein Land, meine Rasse, bei uns, bei euch«, aber keineswegs in der Art, daß einer dem andern die Hölle heiß machte. Ich beherrschte mein Repertoire, weil es wirklich überall gleich war. Das »Bei euch« ärgerte mich allmählich, weil ich immer mehr begriff, daß die Gallier keineswegs meine Vorfahren waren; gleichzeitig war das eine Waffe, denn ich war anders und fühlte mich manchmal sogar überlegen; ein vergebliches Gefühl allerdings.

»Du hast so zarte Hände und Gelenke; aus welchem Stamm kommst du?« Der Westen interessierte sich für Afrika. Die Buchhandlungen quollen über von Büchern über Afrika, und jeder Europäer wußte, daß es Pygmäen gibt, die Massai-Frauen sich den Kopf rasieren und die Peuls feingliedrig gebaut sind. Der Europäer wollte sich mit dem Afrikaner arrangieren, aber vorher wollte er von jedem einzelnen genau wissen, woher er kam, um diese Beziehung rechtfertigen zu können. Es war Mode, einen echten Tutsi oder Peul zu kennen.

Zum Nachtisch rauchte ich zum ersten Mal Haschisch; die Zigarette, die sie »Joint« nannten, ging von einer Hand zur anderen wie eine indianische Friedenspfeife.

Plötzlich packte mich ein Lachanfall, den ich nicht unterdrücken konnte, ich lachte und lachte wie noch nie zuvor, ein unendliches Lachen, bis die Leute mich fragten, was mir denn fehlte, weil das Lachen anfing, wie Weinen zu klingen.

Niemand hatte mich vorher gefragt, ob ich schon einmal geraucht habe; sie setzten als selbstverständlich voraus, daß jemand, der mit ihnen verkehrte, auch rauchte. Stammte ich nicht obendrein aus den tropischen Ländern, in denen das Kraut wuchs? Sie wußten nicht, daß wir die Dinge mit anderen Augen betrachten. Der Westen entheiligt alles; in Afrika werden Drogenkräuter nur bei Zeremonien und Heilungen verwendet, beides sakrale Handlungen.

Jean Wermer schien über beide Ohren in François verliebt zu sein, wollte sich das aber genausowenig eingestehen wie seine Homosexualität. Wir diskutierten ganze Abende darüber, und ich hatte Angst, er könnte meinen, ich wäre eifersüchtig. Was mich betraf, so änderte diese Geschichte nichts an unseren Beziehungen. Ich war sogar teilweise froh darüber, weil sich jetzt nicht mehr alles nur um mich drehte und ich Ruhe fand für die Suche nach meinem wirklichen Ich – meine einzige Sorge.

An den Abenden, an denen ich in der Mansarde allein blieb, las, lernte oder nähte ich, bis ich darüber einschlief. Jean und François kamen einzeln, um mir gute Nacht zu sagen.

Zu Beginn dieses Lebens zu dritt schlief Jean Wermer oft mehrere Nächte hintereinander nicht mit mir. Das erinnerte mich an die Sitten in meinem Dorf. Wenn ein Mann eine zweite Frau heiratete, bat er die erste Frau um Erlaubnis, mehrere Nächte mit der Neuen zu verbringen, ehe sie sich in regelmäßiger Reihenfolge bei ihm abwechselten, wie es Tradition war. So konnten sie sich besser kennenlernen, sich aneinander gewöhnen, Gefühle entwickeln. Der Mann konnte die Zeit der Fruchtbarkeit mit der jungen Frau verbringen und wurde nicht gezwungen, bei einer anderen seiner Frauen zu sein, während er nur an seine neue junge Frau dachte.

Aber mein Leben mit zwei Männern war anders. Wenn meine Mutter das wüßte! Oder meine Brüder und Schwestern daheim im Dorf, meine Schulkameradinnen! Warum konnte ich nicht nach den vertrauten Sitten meiner Rasse und meines Volkes leben? Ich war immer aufgeschlossen gewesen für Experimente, aber so anders hatte ich mir mein neues Leben nicht vorgestellt.

Sommer in Belgien, mein erster Sommer in Europa. François und ich hatten Arbeit in einer Töpferei gefunden. Das war interessant, staubig, aber lustig. Ich entdeckte dabei die Formen, und mein Tastsinn entwickelte sich.

Abends nahmen wir ein wohlverdientes Bad, manchmal zu dritt mit Jean, und wir amüsierten uns wie die Verrückten, wenn wir uns gegenseitig einseiften. Hinterher fanden wir uns in der Küche ein, alle drei in frische indische Baumwollgewänder gehüllt, und tranken Tee mit Jasmin oder Zitrone. Wir waren offensichtlich glücklich. Später gingen wir zum Essen aus, gekleidet wie für einen Ball und sicher, daß wir auffallen würden. Wir waren nicht gekleidet, sondern verkleidet. Wir gingen jeden Sonntag auf den Flohmarkt, und die armen Trödler schüttelten noch die Köpfe über diese Vorliebe für alte Gewänder aus verflossenen Zeiten, die jetzt Mode wurden. Jean und François ließen sich gern mit mir sehen, prahlten mit mir. Aber unser Leben zu dritt dauerte nicht sehr lange, François und ich machten es zunichte.

Eines Abends kam er wie gewohnt zu mir herauf, um mir gute Nacht zu sagen, und fing an, mir von sich zu erzählen, von der einzigen freundschaftlichen Beziehung, die er jemals zu einem Mädchen hatte, einer Weißen aus Südafrika. Er hatte noch niemals eine Frau körperlich geliebt.

François verbrachte die Nacht mit mir, und am Morgen wollte er mich heiraten, weil er sich von mir verstanden fühlte. Er glaubte, eine Schwarze oder eine Araberin wäre die einzige Frau auf der Welt, mit der er »aus der Sache herauskommen« könnte. Und er wollte heraus aus seiner jetzigen Lage, er wollte ein Mann wie alle anderen Männer sein.

Beim Frühstück erlebten wir eine Überraschung, weder François noch ich hatten damit gerechnet, bei unseren liberalen Sitten. Die Wut der Männer, sobald es um eine Frau geht! Jean Wermer fluchte, wie ich es noch nie zuvor von ihm gehört hatte.

»Ich beherberge dich bei mir, und du spielst mir so einen niederträchtigen Streich. Ken ist meine Frau, Ken gehört mir. Ich will dich nicht mehr sehen«, sagte Jean.

François regte sich auf, nicht weil Jean ihn hinauswarf, sondern weil er wegen ihm in solch einem Zustand war. Jean hatte Angst, François zu verlieren.

Der Vormittag verlief bedrückend, furchterregend. Die beiden ließen sich verzweifelt zwischen ihren Instinkten hin- und herreißen. Ach, dieses Labyrinth von Gefühlen, wohin sollte das alles führen? Ich hatte nichts dazu zu sagen und schwieg; ich hörte ihnen zu und beobachtete. Bis jetzt waren sie für mich immer weiß wie andere Weiße auch gewesen, nun wechselten sie auf seltsame Weise die Farbe, nahmen von Zeit zu Zeit furchterregende Blässe an.

Daheim im Dorf gab es solche Szenen nicht, und die Menschen trugen nicht solche Farben. Wie und warum war ich nur in solch eine Situation geraten? Ich wäre am liebsten geflohen, vor diesen Wesen, die nichts Menschliches mehr hatten. Und ich hatte geglaubt, bei ihnen wäre alles wunderbar; dabei war die Wirklichkeit ganz anders. Diese Leute waren Wilde, wenn es wie jetzt um den Einsatz ihres Lebens ging und sie an die Grenzen ihrer Existenz stießen.

Und doch gefiel mir ja dieses Leben. Aber wem konnte ich darüber erzählen?

François packte seine Koffer und nahm seine Zeichnungen von Hockney mit. Jean und ich konnten nicht mehr zusammenleben; wir kamen nicht mehr miteinander aus, und er ging sogar so weit, mich zu schlagen. Das Haus voll Ruhe, in dem ich das Glück gesucht hatte, stürzte ein.

Seit François' Abschied gab Jean seinen homosexuellen Neigungen immer mehr nach, ging öfter allein aus, blieb immer öfter über Nacht aus. Meine Anwesenheit hinderte ihn offensichtlich daran, sich zu Hause auszuleben, und ich sagte mir, daß es schließlich sein gutes Recht war, in seinem eigenen Haus zu tun und treiben, was ihm Spaß machte. Dafür hatte man ja ein Zuhause. Bei all den Zwängen und Verboten und Spielregeln draußen war es die Zuflucht. »Zu Hause«, das hatte mir mein ganzes Leben lang gefehlt.

Wir einigten uns darauf, daß es besser sei, wenn ich von nun an anderswo wohnte. Als der Herbst begann, zog ich aus.

Die Einsamkeit! Schon wieder ... Ich erinnere mich daran, als ob es gestern wäre. Seit zwei, drei Wochen räumte meine Mutter ihre Sachen zusammen. Das beunruhigte mich. Ich blieb immer dicht beim Haus, so sehr ahnte ich die nahe Trennung. »Mein Gott, wenn meine Mutter fortgehen würde, was wird dann aus mir?«

Außer ihr hatte ich niemand in diesem Haus. Natürlich war mein Vater auch da, aber er war der Vater von allen, hatte für die Kinder der anderen genausoviel Zuneigung wie für seine eigenen. Ein großzügiger Mensch.

Meine Mutter spürte ich jeden Abend im Bett, das wir miteinander teilten. Ihr Körper, von der Tagesarbeit müde, entspannte sich halb abgedeckt und war so weich wie ein Nest voll Federn. Ich drückte mich an sie und wünschte, wir wären aneinandergewachsen. Ich hielt ihre Brüste, die das Leben gegeben hatten, in meinen kleinen Fäusten, bis sie aufwachte. Sie hatte einen Schlaf wie ein Krieger.

Die Anwesenheit meiner Mutter im Haus glich dem großen Dobali, der ihre inneren Monologe beherbergte. Nach jenem Tag mit der Bernsteinperle im Ohr verblaßten in mir alle Erinnerungen an das Leben zu Hause und im Dorf, die Möbel verschwanden, nur das Bett war noch da. Alles war eingepackt. Wenn ich meine Mutter fragte, ob sie fortging, antwortete sie immer: »Nein.« Warum sah dann alles nach einer Abreise aus?

Mein Herz klopfte in diesen Tagen sehr heftig, ein Knoten zog mir Hals und Magen zusammen. Ich hatte keinen Hunger mehr, keinen Durst, und ich schlief schlecht vor lauter Angst, sie könne vielleicht heimlich fortgehen, ohne mich zu wecken.

Ich hatte Angst, weil ich sah, daß ich sie nicht begleiten sollte: meine Sachen wurden nicht eingepackt. Vom Vater konnte ich nichts erfahren, er hüllte sich in Schweigen. Vater kümmerte sich nicht viel um die Angelegenheiten dieser Welt, Vater konzentrierte sich auf seine Gebetskette.

Aus der Kreisstadt kam die Schultheater-Gruppe und führte in dem Schuppen, in dem nach der Ernte die Erdnüsse bis zum Verkauf gelagert wurden, ein Theaterstück auf. Ich hatte keine Lust, hinzugehen, ich wollte meine Mutter keine Sekunde allein lassen und folgte ihr wie ein Schatten. Sie konnte mich nicht zu der Vorstellung begleiten, sie packte ihre letzten Sachen ein. Ich ging dann doch alleine hin, aber ich hatte nichts davon, sah nichts, verstand nichts.

»Meine Mutter, ach Gott, was geht hinter meinem Rükken vor?« Seit Beginn der Vorbereitungen für die Abreise waren meine Augen tränenverschleiert, aber es gelang mir, die Tränen zurückzuhalten, obwohl ich gern geweint hätte, bis ich ausgetrocknet war.

Der Tag der Abreise kam wie alle anderen Tage, die gleiche Sonne, der gleiche Himmel, der gleiche Sand, der zwischen den Zehen durchrieselte, der ewiggleiche unvergleichliche Tag. Mein ganzes Leben lang werde ich den Tag verfluchen, der meine Mutter wegführte, meine Kindheit zerstörte, mich als kleines Kind von fünf Jahren allein am Bahnhof zurückließ, als der Zug schon lange davongefahren war.

Am Morgen nach dem Frühstück hatte ich mich der Tatsache gebeugt: Meine Mutter ging fort. Sie trug den Boubou, das Kopftuch und die Sandalen, die seit dem Vorabend wie Waisen in dem leeren Zimmer warteten, von dem das Leben sich verabschiedet hatte. Die Spuren ihrer Schritte vor dem Haus, in dem sie Leben geschaffen und gegeben hatte, werde ich immer vor mir sehen.

Der Vater, der sonst nie aus dem Haus ging, kam heraus, um die Gebete des Abschieds zu sprechen. Alle Hausbewohner waren da, streckten dem Patriarchen die Hände entgegen. Worte, Sätze strömten wie ein Sturzbach aus seinem Mund; alle bedeuteten nur: »Die Mutter muß fort.« Der Weg zur Bahnstation . . . Der Zug kam, hielt an, sie stieg ein, und er fuhr rumpelnd wieder an.

»Oh Mutter, warum bist du fortgegangen?«

Ich verfluchte alle, den Vater, seine erste Frau, die Brüder und Schwestern, die ihr alle, wie es mir schien, fröhlich »Auf Wiedersehen« gesagt hatten.

Und das Kind schrie, als ob der Tod gekommen sei!

Man mußte mich festhalten, denn ich wollte mit in den Zug einsteigen, mich an ihrer Hand festhalten, sie nicht aus den Augen lassen. Ich rannte über die Gleise hinter dem

Zug her, der weiße Schotter hinderte mich, meine dünnen Beine bogen sich wie Zweige. Ich sah nur noch einen grauen Fleck, eine Rauchwolke, deren Geruch mir bis zum nächsten Tag in der Nase hing.

Was blieb mir anderes übrig, als in das Haus zurückzukehren, das von nun an kein Zuhause mehr war? Die Leute dort waren plötzlich Fremde geworden. Ich ging zum Vater und fragte ihn, wann auch ich fortging. Jetzt fragte ich ihn nicht mehr, warum die Mutter fortgehen mußte, nur noch, wann ich an der Reihe war.

»Morgen«, antwortete er. Aber das stimmte nicht. War den Erwachsenen klar, daß nur Kinder leiden können? Daß nur ihnen die Gefühle bis ins Innerste gehen? Ach, all die Umwälzungen, welche die Abreise meiner Mutter auslöste! Empfindungen, die ich bis dahin nicht gekannt hatte, überfielen mich.

5

Durch eine Zeitungsannonce fand ich ein Ein-Zimmer-Appartement in einem Viertel, das ziemlich weit von der Rue Rouge entfernt lag. Der Volvoendal-Park fehlte mir. Die Wohnung lag im zweiten Stock eines recht bürgerlichen Hauses; im Keller gab es eine Sauna, deren Neonschild Tag und Nacht leuchtete. Als ich den Mietvertrag unterschrieb, machte mir der Verwalter, ein Mann mittleren Alters, gleich Komplimente über meine schöne Haut und meine Farbe.

Diese Weißen sind alle gleich. Diese Schwäche für alles Schwarze, seit Afrika auf der Kolonialausstellung angefangen hat, seine Haut und seinen Hintern der ganzen Welt vorzuzeigen, um sich bemerkbar zu machen.

Die Miete war ziemlich hoch. Der Verwalter schlug mir vor, die Treppenreinigung zu übernehmen, damit ich mit dem Geld auskam, und hatte auch keine Hemmungen, mir etwas anderes vorzuschlagen: »Das paßt nicht zu Ihnen, Treppen putzen. Sie sind so hübsch. Sie brauchen nur zu wollen, und Sie könnten alles haben.« Und dann: »Sie haben ja gesehen, unten ist eine Sauna; da könnten Sie auch arbeiten neben ihren Kursen. Ich werde mal mit dem Besitzer sprechen. Sie könnten dort saubermachen.«

Ich nickte, ohne zu wissen, was ich wirklich unternehmen würde; ich war voll blindem Optimismus. Bisher hatte ich mich ja jedesmal gut aus der Affäre ziehen können.

Jean half mir beim Umzug. Die Wohnung war angenehm. Ich tapezierte die Wände mit diesen Plakaten, mit denen der gelangweilte Westen von fernen Ländern, exotischen Landschaften und Sonnenuntergängen träumte, außerdem mit Aktaufnahmen von mir, die Jean gemacht hatte. Ich hatte den Körper losgelöst von Gefühl und Überlegung entdeckt; von nun an hüllte ich die Menschen in ihre Körper ein, wenn ich sie betrachtete.

Mein Flurnachbar war ein amerikanischer GI, ein ungewöhnlicher Typ, mit dem ich im Treppenhaus Bekanntschaft geschlossen hatte, weil ich immer allen Leuten »Bonjour!« entgegenrief. Grüßen ist ja nicht nur eine Höflichkeit, man findet dadurch einen Platz in den menschlichen Beziehungen, und sich dem anderen zu nähern ist immer ein Wiedererkennen. Ein ungezwungener Gruß mußte sein, und immer war Überraschung die Antwort.

Eines Tages, als seine Tür halb offen stand, ging ich so selbstverständlich hinein, als ob wir uns schon immer kennen würden, und das wurde zur Gewohnheit, solange ich dort wohnte. Ich sah meine Auffassung bestätigt: Um die anderen zu empfinden, mit ihnen verbunden zu sein, muß man eine Sprache sprechen, die sie verstehen, eine Haltung einnehmen, die sie wiedererkennen, auf ihrer Ebene bleiben. Die Sprache der Menschlichkeit wird von allen Menschen verstanden.

Der amerikanische Freund und ich aßen oft zusammen, meistens sehr gewürzte Sachen. »Very hot«, sagte er jeweils lachend. Mit Hilfe der Verpackungen brachte ich ihm Französisch bei; ich erzählte ihm auch von meinem Leben in Afrika, aber nicht die beunruhigenden Teile. Er wußte überhaupt nichts von Afrika und war fasziniert.

Jean besuchte mich hin und wieder, er schien glücklich zu sein. Seine Arbeit ging gut voran; seine homosexuellen Neigungen wurden immer stärker. Er hatte einen Landsmann und früheren Schulkameraden von mir kennengelernt, einen intelligenten Menschen, der für sich die Wahl getroffen hatte, was nicht jedem gegeben ist. Zwischen Jean und mir baute das alles keine Hindernisse auf. Wir gingen weiter zusammen zum Essen aus, besuchten Vernissagen, schliefen manchmal miteinander. Mehr und mehr gab er mich frei, er wollte, daß ich mich entfaltete und selbständig wurde.

Und doch: Zur Freiheit aufmuntern macht nicht frei, einem Gefangenen die Ketten abnehmen gibt ihm noch nicht die Freiheit. Freiheit, das ist Frieden. Was hatte Jean in mir erraten, daß er mir von der Freiheit erzählte? Wer war ich? Wie war ich? Welches Spiel spielte ich mit? Ich hatte überhaupt kein inneres Gespür für all das. Was sollte das heißen: für sich selbst verantwortlich sein, wenn man noch nicht geformt war und sich selbst nicht akzeptiert hatte? Ich wollte ganz einfach leben, ohne Furcht, ohne Wissen; nach dem Instinkt leben, der mein Bewußtsein nicht berührte, über den ich keine Kontrolle hatte. Der wilde Instinkt, der im Rauch des Zuges entstanden war, der die Mutter mitgenommen hatte! Wie das gejagte Wild in der Falle des Jägers suchte ich einen Ausweg.

Ich empfand meine Familie als zerrissen. Drei Tage nach meiner Geburt verließ mein ältester Bruder das Elternhaus, und ich war siebzehn Jahre alt, als ich ihm zum ersten Mal begegnete. Die zwischenmenschliche Kommunikation, die das Instinktive ins Bewußtsein hebt, beschränkte sich immer nur auf Nebensächlichkeiten. So entstand meine illusionsdurchtränkte Traumwelt. Aber auch und vor allem der Kolonialismus, der die Geister verwirrte, schuf eine Menschenklasse ohne Halt. Er hatte aus den meisten von uns unlogische Geschöpfe gemacht. Ich wußte nicht, wie, aber ich wollte es nicht hinnehmen.

In meiner neuen Wohnung empfing ich viel Besuch zu Beginn meines zweiten Winters im Norden, um der gnadenlosen Einsamkeit zu entfliehen. Hier war Einsamkeit eine Qual, diese Welt bot der Seele keine Zuflucht. Ich lud einige wenige Landsleute ein, die unvermeidlichen. Seit ich nicht mehr mit einem Weißen zusammenlebte, kamen manche auch von sich aus vorbei, aus Neugier und auch, weil es ihnen Freude machte, denn ich galt trotz allem noch immer als »in Ordnung«.

Ich dagegen entfernte mich immer mehr von den Meinen, wurde von den anderen wie im Strudel davongerissen. Was hatte ich konkret davon? Nichts. Alles war wie ein Traum. Der Hausverwalter tauchte ständig unter irgendeinem Vorwand bei mir auf – »Haben Sie genug Wasserdruck in den Hähnen?« –, und durch ihn wurde ich in der Sauna eingeführt.

Eine Luxus-Sauna, mit gedämpftem Licht, geführt von einer Blondine namens Gaelle, sympathisch, etwas verworren in ihrem Überschwang und irgendwie leicht kindisch und trotzdem ein richtiges Luder. Es war das allererste Mal, daß ich so etwas kennenlernte. Am Abend erzählte ich dem amerikanischen Freund alles, was Gaelle mir gezeigt und vorgeschlagen hatte. Die Sauna war ein Bordell, und niemand hatte ein Geheimnis daraus gemacht. Die Kundschaft bestand ausschließlich aus Männern, nur Frauen arbeiteten dort. Ach die Frauen! Sie haben soviel Verständnis, tolerieren alles und dienen.

Die Männer kamen zu allen Tages- und Nachtzeiten, vollgepackt mit Geld und Phantasien. Sie kamen so, wie einer in die Fremdenlegion geht: verdreht im Kopf. Nur wenige nahmen wirklich eine Sauna, die meisten wollten nur Sex, manche ein bißchen Spaß, als ob sie nie Kinder gewesen wären, und alle gackerten wie kastrierte Gockel.

Gaelle schlug mir vor, abends zu putzen und mir damit etwas Taschengeld zu verdienen: mit dem Staubsauger durchgehen, Papierkörbe entleeren. Ich nahm an, kam aber nie dazu, denn schon am ersten Abend wurde ich »bemerkt«. Und gleich darauf steckte ich in einer winzigen, steril sauberen Kabine in Gesellschaft eines dicken, rötlichen, schnaufenden Mannes mit baumelnden Fettwülsten und Gier in den Augen. Nach Gaelles Anweisungen gab es für den Grundtarif nur eine einfache Massage; wenn der Kunde zusätzliche Ansprüche stellte, sollte ich das Drei- bis Fünffache verlangen, und wenn er noch mehr wollte, das Minimum für eine Eintrittskarte, das heißt alles, was er in der Brieftasche hatte. Die armen Männer! Und was für eine Ausdrucksweise! »Kunde, Tarif ...« Mir schwirrten die Ohren, und Gaelle stand da, in einer Wolke von Champagner und Parfum, Geschenke ihres Liebhabers, eines Abgeordneten. Ich hatte Angst. Ich brauchte im Grunde gar kein Geld, der Zusatzverdienst von der Treppenreinigung genügte. Aber ich war in eine Maschinerie geraten, diese Seiten des Lebens in Europa zogen mich unbewußt unwiderstehlich an.

Von Massage hatte ich keine Ahnung, ich hantierte etwas ratlos mit Puder und Fettwülsten, so wie ich mir Massage ungefähr vorstellte. Der Dicke war gar nicht in der Sauna gewesen; er wollte mir den Po und die Brüste abtätscheln, ich weigerte mich. Brechreiz stieg mir hoch. Am liebsten hätte ich geheult, wäre davongelaufen bis ins Dorf, um unter dem Baobab zu heulen, bis jede Erinnerung an diesen Mann voll Fettwülsten verschwunden war, der nun Mühe hatte, sich von der Massagecouch zu erheben, auf der er wiedergeboren werden wollte. »Reich mir meine Hosen. Bist du oft hier? Ich werde wiederkommen, nur wegen dir, du bist ein nettes Ding, du gefällst mir, und ich hoffe, daß du das nächste Mal ein bißchen lieber zu mir bist. Ihr Schwarzen, ihr seid himmlisch.« Er wandte mir den Rücken zu, angelte nach seiner Brieftasche in dieser völlig unförmigen, aber aus erstklassigem Tuch geschnittenen Hose, und ich hätte ihn am liebsten erwürgt. Aber das wäre mir gar nicht gelungen, sein fettgepolsterter Hals verschwand fast in seinem breiten Rücken. Er steckte mir ein paar knisternde Scheine zu, und ich drückte sie an mich, als ob mich das trösten könnte.

Ich kehrte mehr als einmal zurück in die Sauna, nur dem amerikanischen Freund erzählte ich davon, der mir gestand, ich sei die erste Schwarze, mit der er jemals diskutiert und gelacht und gegessen habe. Er hatte keine Freundin, er dachte nicht an so etwas, sagte er. Aber dank der angeborenen Macht der Weiblichkeit, meinen Nacktfotos an den Wänden, meinem ungezwungenen Benehmen und der Vertraulichkeit, die uns verband, fing der amerikanische Freund an, an die Frau zu denken, dessen war ich so gut wie sicher.

Ich wollte ein Kind haben. Jean Wermer fand, dazu sei ich nicht selbständig genug. Ich ließ mich von einem mit ihm befreundeten Arzt untersuchen. »Ein Kind kriegt man zu zweit« war das einzige, was er mir sagte.

Er betrachtete sich als »engagierten« Arzt; alle seine Patienten waren Gastarbeiter aus der Dritten Welt, und dort hatte er sich vor allem die Araber als Kundschaft ausgesucht. Bei dem Versuch, ihre Schuldgefühle abzubauen, haben die Belgier sich in den Maghreb verirrt. Arme Kongolesen: erdrückt, erniedrigt, ausgebeutet, massakriert und verstoßen. Dieser Arzt ließ sich die Haare wachsen, versäumte keine Versammlung über das Schicksal der algerischen Arbeiter in Europa und hatte sein Wartezimmer mit billigen Teppichen aus Fez und Sitzkissen aus Tunesien eingerichtet. Er schien recht zufrieden mit sich selbst zu sein; das war angenehm für ihn, erleichterte aber nicht das Schicksal der Araber.

Der Winter kam. Ich fühlte mich nicht befreit, und ich wußte nicht, warum. Ich »war nicht selbständig«. Jedenfalls drehte ich mich in einem tosenden Wirbel mit. Meine »Vorfahren, die Gallier« hatte ich nicht gefunden, aber auch keinen Ersatz dafür. Zwar kamen rund um mich die Europäer zu selbstkritischen Diagnosen. Die wirtschaftliche Entwicclung hatte keine menschliche Entwicklung gebracht. Die Gesellschaft, das System wurden in Frage gestellt. Der Westen erstickte sich selbst.

Aber auch die Kritiker kamen mir vor wie Sterbende, die versuchten, dem zu entkommen.

Zudem war das alles nicht mein Problem. Aus Anpassung und Sympathie protestierte ich mit, obwohl ich keineswegs erstickte und starb, sondern mich weiter in dem Spiegel betrachten wollte, der mich geblendet hatte. Auch die Protestbewegungen der Schwarzen in diesen Jahren überzeugten mich nicht. Sie waren ein Spiegelbild der westlichen Bewegungen, noch eine Form der Entfremdung, wieder von Weißen angezettelt, um die Zerstörung zu tarnen, die sie anrichteten, und um die Schwarzen von einem wirklichen Erwachen ihres Bewußtseins abzulenken, seit gewisse Orakel die Idee der Negritude ausgestreut haben, eine Idee, welche die Weißen mit ihrem Beifall im Keim erstickt haben.

Es gelang uns nicht, unsere eigene Formel für die Befreiung zu finden. Wir folgten der europäischen Methode, obwohl wir nicht unter den gleichen Bedingungen lebten, nicht die gleiche historische, kulturelle und soziale Vergangenheit hatten.

Eines Abends aßen Jean und ich wieder einmal in diesem griechischen Restaurant, in dem wir so gut bekannt waren, daß wir dort sogar Kredit hatten. Um unseren Tisch drängten sich Freunde, Bekannte, Gefährten einer Lebensweise ohne Fundamente, ohne Prinzipien, ohne Überzeugung. Wie jedesmal wurde Jean Wermer mit Fragen bestürmt, die mich betrafen: »Woher kommt sie? ... Ach so, aus dem Senegal! ... Ja, das ist natürlich etwas anderes ...«

Ich kam nicht aus dem Kongo ... Belgier und Kongolesen haben eine gemeinsame, tragische Geschichte. Belgisch-afrikanische Paare waren selten; den Schwarzen waren die Belgier zuwider, und für die Belgier waren alle Schwarzen Kongolesen, weil sie nichts anderes kannten.

Am Nachbartisch nahmen ein weißes Paar und ein Afrikaner Platz. Ich hatte die Gewohnheit angenommen, in die französische Unterhaltung mit Jean einzelne Worte aus meiner Sprache einzustreuen, weil das irgendwie exotisch wirkte, und als ich nun das Wort »dof« gebrauchte – es bedeutete in Wolof »verrückt«, aber immer auf liebenswürdige Weise –, fuhr der Afrikaner hoch wie von der Tarantel gestochen.

»Meine Schwester, Sie sind Senegalesin?« Er fiel mir um den Hals, war außer sich vor Freude. Wir rückten die beiden Tische aneinander, machten alle miteinander Bekanntschaft, und die Mahlzeit endete in der Heiterkeit des griechischen Weines.

Beim Käse erklärte Suleiman, so hieß mein Landsmann, mir kurz, wie er hierhergekommen war. Die Belgier ließen uns ungestört in unserem Dialekt sprechen, waren sogar stolz darauf. Wie weit kann Snobismus gehen? Suleiman hatte den Senegal vor sieben Monaten verlassen, per Anhalter, ohne Gepäck, aber mit dem festen Vorsatz, bis nach Europa zu gelangen.

Die Belgier, die ihn begleiteten, hatte er im Senegal kennengelernt und bei seinen Eltern beherbergt. Nun war er in Verlegenheit, und seine belgischen Freunde ebenfalls, denn deren Eltern waren Rassisten, wollten keinen Schwarzen im Haus haben, vor allem nicht über Nacht. Die beiden Belgier bedrückte das.

»Im Senegal haben Suleiman und seine Familie uns so gastfreundlich aufgenommen, wie Ehrengäste, und sie haben sicher mehr getan, als ihre Mittel erlaubten, nur um uns Freude zu machen. Wir haben eine große Wohnung, ein Schloß im Vergleich zu seiner. Es liegt vor allem an meiner Mutter; mein Vater würde mit sich reden lassen. Es ist schrecklich. Nun, irgendeine Lösung werden wir schon finden, vielleicht bei Freunden. Wir suchen auch eine Wohnung für uns; wir wollen nicht bei den Eltern bleiben, wenn wir nicht einmal unsere Freunde einladen dürfen.«

Arme Generation! Wieder die weiße Frau mit all ihren Schuldgefühlen und Komplexen dem Schwarzen gegenüber.

Ich nahm Suleiman mit, lud ihn ein, sich bei mir wie daheim zu fühlen. Das war mir selbstverständlich, denn Gastfreundschaft gehörte zu den Traditionen, die ich nicht verloren hatte, die sozusagen zu unserer Haut gehören.

Suleiman paßte sich schnell an. Ich machte ihn mit allen meinen Freunden bekannt, und Leonora war natürlich wieder diejenige, die am meisten für ihn tat. Wie der Afrikaner es versteht, Schwierigkeiten auszuhalten, als ob sie unvermeidlich zu seinem Leben gehörten! Trotz allem, was Suleiman erlebt hatte, als er auf algerischen Lastwagen die Sahara durchquerte, trotz allem Elend, dem er in Mauretanien und

Algerien begegnet war, trotz seiner jetzigen Lage war er guten Mutes.

Anfangs ließ ich ihn fast den ganzen Tag allein, er putzte, wusch das Geschirr, daheim im Senegal hätte ich das niemals zugelassen. Suleiman merkte schnell, daß ich nicht so lebte wie unsere Landsleute. Er versuchte schon gar nicht mehr, meine Lebensweise zu begreifen. Ich war eben nicht mehr die »Schwester aus der Heimat«. Aber er ließ niemals eine Bemerkung darüber fallen, das erlaubten unsere Beziehungen nicht; ich war wie seine ältere Schwester. Er fand sich mit der Lage ab und akzeptierte mich, wie ich war.

Durch mich lernte er auch unseren amerikanischen Nachbarn kennen, und nach einiger Zeit übernachtete er bei ihm. Wir verbrachten lange Abende zu dritt, hörten Musik, kochten uns etwas, manchmal mit den Vorräten des amerikanischen Freundes, die alle aus den Vereinigten Staaten kamen, wie etwa das Fleisch, das wie Holz aussah und nach ein paar Minuten Einweichen zu dicken blutigen Steaks wurde.

Suleiman erzählte bis tief in die Nacht von seiner Reise, und ich übersetzte für den amerikanischen Freund, der meinte, ich lasse sicher vieles aus. Er hatte recht, Suleimans Art zu erzählen war unübersetzbar. Man mußte den Dialekt verstehen. Es war wunderbar, meine Sprache zu hören. Suleiman machte mir Lust, wieder nach Hause zurückzukehren, wieder mein Volk seine tausendfältigen Empfindungen aussprechen zu hören. Diese Poesie der Gesten und der Sprache!

An diesen Abenden fühlte ich mich glücklich, aber den Rest der Zeit verfolgte mich das Leben, sinnlos, verrückt, unvorhersehbar.

An der Sauna unten lief ich manchmal vorbei, ohne einen Blick auf die gepolsterte Tür zu werfen, als ob sie der Eingang zur Hölle wäre. Ich rannte beinahe die Treppe hinauf, so sehr fürchtete ich, Gaelle würde den Kopf mit der aufgetakelten Frisur herausstecken und mich mit einem Augenwinkel auffordern, hereinzukommen: Die Kunden fragten nach mir …

Zu Beginn des Winters kam ein Brief von zu Hause: Mein Vater war gestorben. Ich beweinte den Verlust eines außerordentlichen Menschen, aber nicht den eines Vaters; ich hatte niemals töchterliche Gefühle empfunden für diesen großzügigen, guten und intelligenten Menschen. Ich bewunderte ihn vor allem für sein entgegenkommendes, immer hilfsbereites Wesen, das nur auf Bescheidenheit und Großzügigkeit beruhte. Was mich zum Weinen brachte, war der Umstand, daß ich nun Halbwaise sein sollte, obwohl ich nie das Gefühl hatte, einen Vater zu haben. Der einzige, der mein Vater hätte sein sollen, war nicht mehr.

Der amerikanische Freund erfuhr es als erster. Er hatte hier schon manche heftigen Gefühlsausbrüche mit mir geteilt, auch wenn er unfähig war, irgendwie darauf zu reagieren. »Ich habe früher nicht im Traum daran gedacht, daß ich eines Tages jemanden wie dich kennenlernen würde, mit dem ich soviel erlebe.«

Ich weiß nicht, wieso Gaelle es sofort wußte; sie kam herauf, im Polohemd, Shorts, Strümpfe, Stiefel, alles schwarz, und mit einer Flasche Champagner. Ich hatte den Brief von zu Hause gleich unten am Briefkasten aufgerissen, und nun lag ich auf dem Bett, noch im Mantel, der feucht von dem feinen Regen war, der in Belgien zum Winter gehörte. Gaelle, ganz in Schwarz, sprühte wie diese Cancan-Tänzerinnen, die man manchmal im Kino sieht.

»Ich habe gehört, du hast deinen Papa verloren, du armer Liebling; komm, wir trinken ein bißchen Champagner, das wird dich aufmuntern.« Die Geschicklichkeit, mit der sie den Korken knallen ließ, erinnerte mich plötzlich an die Abreise der Mutter, an die Französische Schule, an all die Jahre voll Träumen von Europa, an all das chaotische Suchen nach dem Undefinierbaren, das man seit zwanzig Jahren versprochen hatte.

Gaelles Champagner - wie Tausende von Tränen, die mich in eine Art hoffnungslosen Wahnsinn stürzten.

Der amerikanische Freund war da, Suleiman war da, meine Nacktfotos unter Glas an den stummen Wänden, und ich selbst, auf dem Bett ausgestreckt, mit irren Blicken auf das Schauspiel, dessen einzige Zuschauerin ich war. Die Angst, im Irrenhaus zu enden, drückte mir das Herz ab, im Irrenhaus oder im Irrenhaus der Einsamkeit. Es gab keinen Unterschied.

Viele Landsleute kamen mich besuchen, obwohl ich mich von vielen immer mehr zurückgezogen hatte. Der Tod verband uns durch seine Unverletzlichkeit, über alles Trennende im Leben hinweg.

6

Ich flog nach Hause, obwohl der Vater schon seit vier Wochen beerdigt war, und verbrachte dort zwei melancholische Wochen in der Erkenntnis, daß auch hier mein ewiger Traum nicht zu finden war. Ich mußte kehrtmachen, der ewige Schmerz hatte noch kein Ende.

Bei uns gehen junge Frauen nicht auf den Friedhof, ich besuchte Vaters Grab also nicht. Ich hatte nichts von ihm geerbt und beklagte mich nicht.

Eines Abends fragte ich meinen Neffen, wie die letzten Augenblicke des Patriarchen verlaufen waren; er berichtete es mir kurz. In der Abenddämmerung, mitten im Gebet, hat der Vater sich auf seinem Gebetsteppich ausgestreckt und ist gestorben, ohne noch ein Wort mit jemand zu sprechen. Ein Leben, das dem Gebet geweiht war, war im Gebet zu Ende gegangen. Gott möge seine Seele im Paradies aufnehmen.

Als ich den Vater zum letzten Mal sah, hatte ich den Mut aufgebracht, ihn so genau zu betrachten wie noch nie zuvor. Seine Augen schauten auf eine Welt, die für ihn schon seit etlichen Jahren in der Dunkelheit verschwunden war. Ich sah einen Menschen, der sich in sich selbst zurückgezogen hatte und unabhängig war, seine »Vision« gefunden hatte. Ich betrachtete ihn, ich liebte ihn, und ich wünschte mir sehr, ich würde ihn besser kennen. Ich wünschte, er wäre mehr Vater, mehr mein Vater, aber er war eher wie der Großvater, ich sprach mit ihm nur über Poesie und Träume. Ich wünschte mir andere Gefühle zwischen uns, hatte mir vorgenommen, mein Möglichstes zu tun, damit die Bernsteinperle zersprang. Aber es wurde die letzte Begegnung, und wir sprachen wieder nur von Poesie und Träumen, und von meiner Abreise nach Europa. Warum die Angst vor der Einsamkeit? Wenn der Traum zu Ende ist, bleibt nur die Einsamkeit; warum also nicht Kind bleiben?

Jean Wermer holte mich am Flughafen ab. Er war von Kopf bis Fuß in Schwarz gekleidet, ich entdeckte ihn durch die Glasscheiben der Wartehalle und sah gleich seine Augen. Als ich abgereist war, hatte er eine Gelbsucht.

Leonora war auch da, Leonora war immer da; sie und Jean Wermer bemerkten sofort, daß ich »niedergedrückt und traurig wie ein einsamer Schatten« sei.

Einen bunten Poncho aus Peru auf den Schultern, ein Geschenk von Leonora, mit leuchtendem Rot, milchigem Blau, Rabenschwarz, Knallgrün und dem Orange tropischer Sonnenuntergänge, machte ich mich von neuem auf den Weg, der ins Chaos führt.

Der Tod des Vaters brachte alles Unbewältigte noch krasser an den Tag, die Abreise der Mutter, die nicht gelebte Kindheit, den zerstörten Traum, die Französische Schule, in der ich vergeblich auf der Suche war, nach den Wurzeln, die so unentbehrlich sind wie die Nabelschnur zur Mutter.

Ich fuhr direkt mit Jean in sein Haus. Ich hätte nie gedacht, daß ein Mensch so gelb werden könnte. Er war müde, aber gelassen. Ich hatte ihm aus dem Senegal ein Rezept gegen Gelbsucht mitgebracht: Grüne Papayafrüchte und ein Huhn werden ohne Öl und Gewürze stundenlang zusammen gekocht, dazu einen Tee aus »Rat« - Blättern, das Allheilmittel unter unserer Sonne. Und ganz einfach: »Die Dinge des Lebens von der guten Seite nehmen, nicht zuviel nachdenken und nicht gallig werden.« Jean erholte sich schnell. Ich spielte ihm Theaterszenen vor, und er bog sich vor Lachen.

Sein Arzt wunderte sich über die schnelle Heilung und wollte die Wirksamkeit dieses alten Hausmittels nicht anerkennen; er dachte eher, der durch meine Rückkehr verursachte psychologische Schock sei die Ursache. Das tröstete mich. So konnte und wollte er Jeans Heilung verstehen, den er schon aufgegeben hatte.

Zwischen uns hatte sich nichts verändert, wir steckten immer noch unter einer Decke. Wenn es ihm schlechtging, war ich immer bei ihm. Obwohl unsere Bekannten und der Arzt sich Sorgen um mich machten, schlief ich mit ihm, drückte ihn fest an mich, wie um alle seine Schmerzen aufzusaugen. Ich trank aus seinem Glas, ich küßte ihn immerzu, ich wollte ihn nicht allein lassen in der Einsamkeit von Krankheit und Leiden. Seine Verwandten, seine Kinder, seine wenigen Freunde blieben immer auf Distanz, wenn sie ihn besuchten.

In diesem Land hier sind die Kranken allein, die Behinderten allein, auch die Kinder und die Alten; dabei sind das die unerschöpflichsten, intensivsten Zeiten des menschlichen Lebens. Drüben im Senegal gehören alle zur Gemeinschaft, fühlen alle und jeder sich betroffen, kümmert sich jeder um jeden, alle leben zusammen. Sogar der Baum gibt seinen Schatten und Kühle, hat seine Nützlichkeit für die Küche oder die Medizin, ist Ort der Meditation.

Ich wurde nicht angesteckt, und Jean nicht allein gelassen. Er erholte sich sehr gut, und ich hörte nicht auf, ihm lustige Geschichten zu erzählen, ihm Szenen vorzuspielen.

Je verlassener jemand war, desto lieber kümmerte ich mich um ihn. Diese Neigung zum Helfen und zum Dienen hatte schon immer den Wunsch in mir geweckt, Ärztin zu werden, oder Ordensschwester, Magd, Geliebte oder Frau eines Behinderten, Kinderschwester, Gesellschafterin für alte Leute, Untergrundkämpferin ... Aber nie habe ich die passende Gelegenheit gefunden, diese Neigungen zu verwirklichen. Ich war eingesperrt wie die Muschel in ihrer Schale; und dieses Pulsieren gegen die Wand, es ist noch immer in mir.

Einen Monat später zog ich aus der Wohnung über der Sauna aus und übersiedelte in die nahe Rue de la Source; auch dort ging es nicht lange gut. Die Schule wurde ein Phantom, dort konnte ich nichts lernen. Ich entdeckte das LSD und seine Ängste, den Alkohol und seine Launen, die freie Liebe, und war bald mit einem Etikett versehen. Ich verkehrte nicht mehr mit meinen Landsleuten, lungerte in Gesellschaft von Hippies, Beatniks, Ausgeflippten und den Intellektuellen einer dekadenten Gesellschaft in Cafés und Bars herum. Ich war nur selten allein; ich lebte mit den Europäern einen Niedergang, der nicht der meine war.

Ich kannte tausend Leute, und ich kannte niemand; ihr Verhalten überraschte mich, ich begriff es nicht und flüchtete in die Drogen.

Laura behandelte mich wie ein Kind, was mir genauso sehr gefiel, wie es mich ärgerte. Ich kam nicht ohne sie aus; sie war in meinem Chaos die Mutter, und sie stieß mich gleichzeitig immer mehr hinein.

Jeder fühlte sich verpflichtet, mir zu helfen, etwas für mich zu tun. Was? Was konnten sie mir geben? Sie gingen selber in dem Abgrund unter, in den sie mich hineingestoßen hatten. Das verstärkte meine Torheit noch. Ich wollte schockieren, trug durchsichtige Kleider in schreienden Farben, riesige Hüte, rasierte mir den Schädel, versuchte umgekehrten Surrealismus zu spielen, intellektuelle Delirien, Spiele mit der schwarzen Farbe: eine schwarze Frau sein, die dem weißen Mann gefällt.

Zusammen mit den Drogen entdeckte ich die Welt der Dealer, der Nachtklubs und der Prostitution, der durchwachten Nächte und verschlafenen Tage. Die Sonne, die zwanzig Jahre meines Lebens begleitet hatte, sah ich nur noch auf einem großen Poster an meiner Zimmerwand.

Jean traf ich nun seltener, wir blieben Kameraden in dem Sinn, daß er versuchte, sich etwas zu bestätigen, und ich, etwas zu erkennen. Im Grunde genommen lebte ich alleine, nachdem ich vergeblich versucht hatte, »den« Gefährten in einem jungen Franzosen zu finden, der um die ganze Welt gereist war und nun ein asketisches Leben führte wie ein Lama im Himalaja. Ein Leben, wie ich es führte, konnte ich nur mit mir selbst teilen.

Und ich hatte von einem Zuhause geträumt, von einem Vater, einer Mutter, Vorfahren, anerkannt hatte ich sein wollen! Ich steckte mitten im Käfig unbefriedigter Phantastereien und surrealistischer Träume.

Mein Stipendium wurde mir gestrichen, ich war schon einige Zeit nicht mehr in die Schule gegangen. Ich lernte dort nichts und fand dort auch nicht die menschlichen Beziehungen, die ich suchte. Nur mit einem jungen Mädchen fand ich eine gemeinsame Sprache. Ich machte auch vor gespielter Homosexualität nicht halt, nicht aus Instinkt, sondern weil diese Bewegung vor kurzem in Europa begonnen hatte, gleichzeitig mit der Kampagne für die Befreiung der Frauen. Und doch: Diese so reine Wärme, die wir jedesmal fühlten, wenn wir zusammen waren, das lauthalse Lachen, die Art und Weise, uns in die Augen zu schauen und nur mit Blicken zu sprechen, konnten wir leider nicht immer erleben. Ihre Eltern waren Rassisten, und nie konnte ich sie zu Hause besuchen. Sie erzählte mir von ihrem Zimmer, das ihre Zuflucht war und in das sie mich gern eingeladen hätte, in dem sie gern mit mir gesprochen und gelacht hätte. Ich war schwarz, und nur darum ging eine tiefe Freundschaft zu Ende. Aber wir hatten sie erlebt, das war das wichtigste. Manchmal konnte sie es arrangieren, bei mir zu übernachten; sie war noch minderjährig und von ihren Eltern abhängig.

Wenn sie auf dem Bett ausgestreckt lag, schmal wie ein Mangoblatt, lächelte sie mich an und kniff dabei die Augen fest zusammen, wie das so ihre Art war. Ich betrachtete ihre Haut, die der Sahne auf dicker Milch glich, ihre Haare so lang wie Lianen und so blond wie der Sand in meinem Dorf.

»Ich verstehe einfach nicht, wie meine Eltern dich verabscheuen können, wo sie dich doch gar nicht kennen.«

»Das ist doch leicht zu verstehen. Sie verabscheuen nicht mich, sondern meine ganze Rasse.«

»Du bist intelligenter als sie, kultivierter, zivilisierter, feinfühliger ...«

»Siehst du! Die Hautfarbe genügt, weil sie uns für minderwertig halten. Aber das betrifft uns nicht, uns zwei. Komm zu mir.« Ich nahm sie bei der Hand.

»Du bist so schön ... so eine feine Haut ...« Sie streichelte meinen Arm.

»Jetzt weißt du, warum ich dich nicht zu Hause besuchen kann: Dein Vater würde sich in mich verlieben.«

Sie brach in Lachen aus, das wie eine Kaskade perlte. Und wir waren wieder glücklich, nebeneinanderzuliegen. Ich berührte ihre Brüste; sie wälzte sich vor Lachen und deckte mich mit ihren Haaren zu, die dufteten wie der Sand in Guye in den Vollmondnächten.

Ich entdeckte die Freundschaft zwischen Frauen und sagte mir, daß Frauen mehr Zeit miteinander verbringen sollten. Wie dumm sie sind, sie schienen es nicht zu merken. Die Frauen hassen sich, sind eifersüchtig und neidisch aufeinander, gehen einander aus dem Weg. Sie wissen nicht, daß es »die Frauen« nicht gibt, sondern nur eine Frau, »die« Frau. Sie sollten sich zusammentun, sich kennenlernen; sie haben sich etwas zu sagen, weil sie alle gleich sind. Sich befreien bedeutet nicht, sich von seinesgleichen zu trennen, um die Freundschaft, die Gesellschaft der Männer zu suchen.

Im Dorf gaben Frauen sich gegenseitig guten Rat, vertrauten sich einander an, lebten gemeinsam. Warum versuchte man hier, die Natur auf den Kopf zu stellen? Aus Unzufriedenheit stellten sie Forderungen. Was fordern sie? Um sich mit den anderen wohlzufühlen, mit ihnen auszukommen, in diesem Fall mit den Männern, müssen die Frauen sich zuerst einmal in ihrer eigenen Haut wohlfühlen, mit sich selbst und untereinander ins reine kommen. Sie müssen sich selbst akzeptieren.

Ich hätte arbeiten müssen, um meinen Unterhalt zu verdienen, aber was? Und wie arbeiten, bei meiner Lebensweise? Ich pendelte zwischen Leonora und Laura, machte Zufallsbekanntschaften, die einen Tag oder eine Nacht dauerten. Ich ging jeden Abend aus, meistens in Lokale, in denen ich nur Leuten meiner »Art« begegnete: Langhaarigen, Transvestiten, Homosexuellen, einer bestimmten Sorte Mädchen. Aber ich verkehrte nicht nur in Randgruppen; hin und wieder dinierte ich mit einem Spezialisten für flämische Malerei, er lud mich zu Premieren ein und stellte mich seiner Tochter vor, die mit einem Grafen verheiratet war. Ich lernte berühmte Filmschauspieler kennen, mit denen ich über Zen diskutierte, und auf der Party eines befreundeten Grafikers die Gruppe Pink Floyd. Eröffnungsparty in der ersten Courrèges-Boutique in Brüssel, Jagdpartie in den Ardennen, Bekanntschaften in allen möglichen verschiedenen Milieus, sogar Politiker ...

Überall war ich die einzige Schwarze, ganz gewiß nicht als Botschafterin des schwarzen Volkes, aber mangels einer echten Pygmäin oder einer halbnackten Massai-Frau doch eine schwarze Haut, die mit ihnen, den Weißen, irre war. Jeder wollte mir seine Visitenkarte in die Hand drücken, jeder wollte mit mir parlieren, ich war das Happening dieser Schickeria. Französische Schulbildung und eine Ansammlung von Allgemeinwissen, ohne Methode auswendig gelernt und nun rundum ausgearbeitet, so gewann ich die Wertschätzung dieser Mäzene und Menschenfreunde unserer Epoche. Ich ging also überallhin und fiel überall auf ... Weil sie schwarz war, weil sie sich aus Verzweiflung überall anhängte und es wagte. Sie wagte Durchsichtiges, sie wagte Verkleidung, sie wagte zu lachen, zu weinen, aber im Innersten war sie bitter.

Diese reichen Leute hatten die Freiheit, zu tun, was ihnen gefiel; sie nahmen die Diaspora auf, weil das originell war. »Wir haben eine afrikanische Freundin, eine Schwarze« war in diesem Milieu der Satz, der am meisten »in« war. Nach den Löwenbabys und den Affen nun die Schwarze, zu den Masken der Dogon und der Ife. Ich war diese Schwarze, diese »Dort-bei-euch«, diese »Du-als-Schwarze-du müßtest-doch ...«, dieses überflüssige, nutzlose, wurzellose, zerrissene Anhängsel.

Eines Abends nach einem üppigen Nachtessen begannen wir zu diskutieren: Laura, ihr Freund François und ich. Über Philosophie und Gefühl, über die Rassenfrage und ihre Hintergründe. Immer diese gleichen Debatten. Mit unseren Argumenten drehten wir uns im Kreis wie die Zirkustiere in der Manege. Die Ankunft der Weißen ... Die geheiligten Fundamente, erschüttert und geborsten ... Aus dem Kolonisierten wurde für alle Ewigkeit ein Angstbesessener ... Warum können wir uns nicht zusammentun und auftauchen, so wie »dort« die Sonne schlagartig aufgeht!

Ich konnte niemals von mir sprechen. Bei Laura und François berief ich mich immer nur auf andere Meinungen. Ich hörte zu, folgte, machte mit, aber das war nicht ich. Sie nahmen mich auseinander, leerten mich aus, breiteten mich wie in einer Auslage aus.

Den anderen erfassen. Ein anderes Ich mußte anfangen, sich verantwortlich zu fühlen. Seit der Bernsteinperle im Ohr suchte ich eine Zuflucht, und dabei wußte ich doch, daß das keine Sicherheit bot, dieses »Dem-Meistbietenden-zur-Verfügung-stehen«. Ich begann zu heulen aus Verzweiflung über die Sinnlosigkeit des Ganzen. Das Abendessen bei Laura endete im Tumult. Wegen mir. Immer wegen mir. In Tränen. Bloßgestellt!

Wie eingebildet sie alle waren! Sie schienen die Umwälzung des schwarzen Menschen verstanden zu haben, aber in Wirklichkeit hatten sie überhaupt nichts begriffen. In ihrer eitlen Selbstsicherheit sprachen sie über Dinge, die sie nie erlebt hatten. Warum taten sie so, als ob sie verstanden hätten? Sie hatten auch keinen Sinn dafür, erst einmal zuzuhören, ohne gleich zu interpretieren. Es gibt Augenblicke, in denen muß man schweigen können.

»Wenn du in ein fremdes Land kommst, mußt du vorsichtig sein mit den Leuten dort.« Die Stimme der Mutter war erstickt. Unter Weinen. Mein Weinen, meine Tränen. Und ich flüchtete mich in dieses System: ein besinnungsloses Würfelspiel aus dem Leben machen. Noch eine Runde, und immer für alles zu haben.

7

Ich verbrachte eine Woche bei den Denoëls, um etwas auf neue Gedanken zu kommen. Hinaus aufs Land!

Als ich Paul und Hélène Denoël bei einem Afrika-Abend kennenlernte, hatte ich nicht damit gerechnet, in Paul einen Bruder zu finden. Wir tauschten unsere Adressen aus und trafen uns dann oft. Sie waren weder Intellektuelle noch Künstler, weder ausgeflippt noch drogensüchtig, hatten den Mai 68 nicht mitgemacht, besuchten keine Bistros und hörten keine Platten von Ten Years After oder Jefferson Airplane. Aber auch sie wollten ihren Anteil an der Diaspora und Exotismus haben, ihren Anteil an der Abarbeitung von Schuld. Ruhige Leute, die nicht permanent analysierten.

Hélène Denoël war liebenswürdig, aufgeschlossen, weiblich; Paul vom ersten Tag an verrückt nach mir. Irgend etwas Undefinierbares zog ihn an. Skeptisch lachend sagte er mir, er habe in mir irgend etwas entdeckt, dessen Elemente er nicht erklären konnte. Sämtliche Begriffe aus allen denkbaren Theorien wurden ausprobiert, und die unerklärliche Anziehung blieb.

Das Telefon verband uns regelmäßig in meinem europäischen Chaos. Keinem anderen Wesen auf der Welt hörte ich so zu wie Paul. Er hatte mich mitten in meinem Drama kennengelernt, als ich wegen all dem, was mir passierte, keinen Sinn im Leben fand. Die Tausende von Tränen, die ich in seiner Gegenwart vergoß, das bittere Schluchzen, das aus meiner Seele floß, rührten ihn. Im Grunde genommen beneideten die Europäer den Schwarzen um diesen »Reichtum an Gefühlen«.

Die Denoëls lebten etwa vierzig Kilometer außerhalb von Brüssel; bei ihnen nahm ich teil am alltäglichen Familienleben, hatte meinen kleinen Platz darin. Ich half Hélène das Essen zu richten, die Kinder ins Bett zu bringen, und dann saßen wir mit Paul im Wohnzimmer, wo im Winter im offenen Kamin ein Feuer brannte, dessen Schein die Fensterscheiben und die venezianischen Gläser in bunten Farben schimmern ließ. Im Erdgeschoß gingen drei Räume ineinander über, und eine Terrasse führte in den Garten, der nach Blumen, Blättern und feuchter Erde duftete. Dort war ich gern allein.

Die Leuchter gaben sanftes Licht, das unsere Gesichter streichelte. Hélène holte aus dem Keller eine Flasche hausgemachten Himbeerlikör, auf den sie stolz war. So verbrachten wir die Abende. Hélène, mit offenen Haaren, groß und schön wie eine griechische Göttin, saß da wie ein Mahnmal. Nach einer oder zwei Stunden sagte sie, sie sei müde. Warum ging sie nicht schlafen?

Sie wollte mich nicht mit ihrem Mann allein lassen. Dabei glaubte ich doch, sie konnte verstehen, daß Paul nur versuchte, seine Schuldgefühle wegen der Kolonisation loszuwerden. Aber der Mythos von der schwarzen Frau und den unbefriedigten Phantasien des weißen Mannes war sehr stark. Hélène sah in mir eine Frau, die zu sehr dem Schönheitsbegriff entsprach, der gerade Mode war. Schwarze Frauen prangten auf den Seiten der Modezeitschriften und der Pornohefte. Die Eifersucht überwog bei Hélène. Wie schade!

Paul und ich diskutierten stundenlang über Politik, von der er sehr viel verstand, von Wirtschaft, von ungewöhnlichen Ereignissen, sprachen vom Phantastischen, von Träumen, von Gott und der Welt und mir. Wir blieben im Wohnzimmer, wenn seine Frau schon hinauf ins Schlafzimmer gegangen war, das genau darüber lag. Wir legten noch einmal Holz ins Feuer, holten noch eine Flasche aus dem Keller und sprachen weiter. Manchmal gab es Momente des Schweigens, und Paul betrachtete mich, als ob er Lust habe, mich zu lieben, mich zu umarmen. In solchen Augenblikken des Bedauerns waren wir ein wenig melancholisch.

Wir sagten uns gute Nacht, aber Paul begleitete mich immer bis in das Gästezimmer, das beinahe zu meinem eigenen geworden war. Er schaute nach, ob ich eine Flasche Mineralwasser hatte, ob die Fensterläden richtig geschlossen waren, und zog die Vorhänge zu. Manchmal wartete er, bis ich im Bett war; dann deckte er mich zu, gab mir einen Kuß auf die Stirn, löschte das Licht und zog die Tür hinter sich zu.

Ich war wie ein Kind und fühlte mich wohl dabei. Ich drückte das weiche Kopfkissen an mich, seufzte über diese Ruhepause in meiner quälenden Existenz und wünschte mir, jetzt »dort« zu sein, zu Hause im Dorf, wenn der Mond, die Sterne und die Baobabbäume die Erde in den Schlaf begleiten.

Bald wurden meine Besuche seltener. Hélènes ganzer weiblicher Bekanntenkreis und die Bemerkungen der Männer brachten sie zu der Meinung, ich sei eine gefährliche Rivalin. Ich war betrübt darüber, aber es bestätigte mir nur, welche dekadenten Beziehungen die europäischen Frauen untereinander und mit allen anderen Frauen oft haben.

Paul arbeitete in Brüssel, und ich begnügte mich damit, ihn in der Stadt zu treffen. Er flehte mich an, zu ihnen zu kommen; schließlich habe Hélène selbst keine Andeutungen bei mir gemacht. Trotzdem machte ich mich ein bißchen rar bei Hélène.

Paul erzählte ich alles, was ich von Tag zu Tag erlebte; von meinen Liebschaften, meinen Erfahrungen, meinen Gedanken, meinem Dorf, der Französischen Schule, dem Undefinierbaren. Er machte sich Sorgen um mich, ich mußte mindestens jeden zweiten Tag ein Lebenszeichen geben. Paul wußte alles von mir, von den Identitätskrisen bis zu den LSD-Trips, nur die Versuche mit dem Heroin habe ich ihm niemals gestanden, weil er sich schon über meine Abenteuer mit den leichten Drogen derartig aufregte.

Es kam vor, daß die ganze Clique um Laura samt den Denoëls nach mir auf der Suche waren. Ich verschwand ohne Vorankündigung in Nachtklubs, die gerade »in« waren, in verräucherten Räumen, in denen eine ganze Generation ihren Traum suchte, eine von Unsicherheit gequälte Jugend. Ich stürzte mich in eine Art Abgrund, aus dem ich nicht wiederauftauchen konnte. Die Turbulenzen der Geschichte, der Tumult des Lebens hatten mich verschlungen, und es schien, daß das Ende nur fatal sein konnte.

Ich schaffte es nicht, mich aufzuraffen, wie meine »Freunde« es mir rieten und wie ich es selbst wünschte! Ich hatte einen Pakt mit dem Irrealen und dem unerbittlichen Schicksal geschlossen. Die Zeit zerrann mit Selbsterforschung und der Suche nach imaginären Wurzeln. Meine Landsleute belagerten und bedrängten mich. Dabei hatte ich noch nie zuvor soviel Mitgefühl für die schwarze Rasse empfunden.

»Schau dir die da an; sie verkehrt nur mit Weißen.«

Nur Suleiman blieb mir noch wohlgesonnen und versuchte vergeblich, den anderen klarzumachen, daß ich nicht so sei, wie sie meinten.

»Ach, sei doch still! Du bist bloß in sie verliebt.«

Es gelang mir nicht, mit Afrikanern aus anderen Ländern Freundschaft zu schließen. Die Eindringlinge hatten uns getrennt, die einen gegen die anderen aufgebracht, und es war uns nicht gelungen, uns daraus zu lösen. Und wie konnte man vom schwarzen Kampf, von schwarzer Macht, von schwarzer Kultur, von afrikanischer Einheit sprechen, solange wir dieses Problem noch nicht gelöst hatten?

Inzwischen hatte auch Suleiman Erfahrungen gesammelt. Durch die Freundlichkeit eines Pfarrers war er in einer technischen Schule aufgenommen worden, die einem Orden gehörte. Der Pater Superior stellte ihm ein Zimmer zur Verfügung und schenkte ihm sogar einen Plattenspieler. Suleiman war begeistert. »Aber meine Schwester, es sind wirklich nette Menschen.«

Etwa drei Tage später war er eines Nachmittags wieder da und weinte beinahe. Er war grau vor Zorn und so außer sich, daß er zuerst nicht sprechen konnte. Ich ließ ihm Zeit, sich zu fassen. »Meine Schwester, gestern abend ist der Pater Superior in mein Zimmer gekommen und hat mir warme Unterwäsche gebracht, damit ich mich nicht erkälte, und dann hat er gefragt, ob er die Nacht hier verbringen kann. Ich habe zuerst überhaupt nichts begriffen; ich habe es bloß sehr seltsam gefunden, daß ein Pater Superior bei einem seiner Schüler übernachten will. Daraufhin hat er ohne Umstände gesagt, daß er mit mir schlafen will. Ich bin so erschrocken, ich hätte ihm beinahe eine geklebt, aber ich habe mich doch noch gebremst. Er ist sehr wütend geworden und hat gesagt, ich habe die Wahl: entweder ich schlafe mit ihm, oder ich verschwinde. Also bin ich verschwunden.«

»Das hast du gut gemacht, Suleiman. So ist das eben hier: entweder du frißt, oder du wirst gefressen. Du mußt bloß aufpassen, daß du nie gefressen wirst. Die Methoden ändern sich, aber das Ziel bleibt das gleiche: uns rumkriegen!«

Ich hatte gut reden. Wie wählt man? Wußte ich das überhaupt? Wie konnte ich das, was ich ihm riet, auf mein eigenes Leben anwenden? Hatte ich jemals die Wahl gehabt? Ich verhaspelte mich immer tiefer in meiner undefinierbaren Unruhe.

Eines Abends gab ich bei mir eine Einladung, »unter Freunden«, wie man hier sagte. Man war beinahe gezwungen, Einladungen zu geben, aber ich tat das gerne, und jeder kam dabei auf seine Rechnung.

Suleiman und der amerikanische Freund empfingen die Gäste mit mir; es waren vor allem Leute, darunter einige Paare, die ich durch Jean Wermer kennengelernt hatte und für die meine Liaison mit ihm noch immer andauerte. Der Abend wurde lebhaft.

Ich hatte ein Gericht aus dem Senegal zubereitet. Wie die Europäer redeten, kicherten und seufzten, während sie dieses exotische Gericht aßen, serviert von einer Exotin: »Oh, ist das gut, ist das köstlich.« Sie redeten soviel, das Essen weckte Erinnerungen. All das geschah in diesem großen Raum, in dem ich schlief und lebte, aß und las, lachte und weinte; ein großer Raum, wie man ihn in alten Häusern findet, ein menschlicher Raum.

Und während die Gäste aßen, veranstaltete ich eine afrikanische Modenschau, zog mich unentwegt um und wollte gleichzeitig servieren, jeden einzelnen in Stimmung bringen, jedem zulächeln. Nach und nach holte ich alle Kleidung aus dem Schrank, die ich aus dem Senegal mitgebracht hatte und hier niemals trug. Ich zeigte ihnen sogar den kleinen Lendenschurz, den man unter den Gewändern trägt, erklärte ihnen seine erotische Bedeutung. Die Männer verschlangen mich mit den Blicken, die Frauen schauten verstohlen auf den Lendenschurz. Der Mythos von der schwarzen Sinnlichkeit wurde bestätigt.

Was beabsichtigte ich eigentlich damit? Es war Mode, afrikanische, asiatische, peruanische Partys zu geben, und ich machte diese Mode mit. Ich rief die Europäer als Zeugen an. Ich machte mich lächerlich mit meinem Versuch, Wiedergeburt zu spielen.

Es wurde ein langer Abend. Ich hatte dieses Spiel arrangiert, um der Einsamkeit zu entfliehen, denn sie brachte mich immer zurück zur Abreise der Mutter, die man mir entrissen hatte, und noch immer stand die Wunde offen und blutete.

Und jetzt blieb ich allein zurück mit den leeren Tellern, den leeren Gläsern, den leeren Flaschen und der Stille, die in die Räume kriecht, die man gerade verlassen hat.

Meine Nacktfotos verspotteten mich; ich riß sie herunter. Ich warf mich auf das Bett, eher mit Jammern als mit Schluchzen. Dieses Jammern hatte mich aus dem Traum heraus überfallen, es glich dem Schrei, der aus der Mauer kam, wie sie über dem Todeskampf der Sterbenden bei Sonnenuntergang schluchzt.

Die Rue de la Source war nur ein Übergang. Das Zimmer im Erdgeschoß hatte ein großes Fenster zum Garten, und ein Weißdornzweig schaute ständig zu mir herein.

Die Einsamkeit folgte mir lautlos überallhin. Ich floh vor ihr, sie verfolgte mich. Ich rauchte sehr viel Marihuana und schluckte immer mehr Opiumsirup, um wirklich Zuflucht zu suchen. Das Bild im Spiegel, das Gesicht, der Blick, diese Farbe, die mich von anderen unterschied und mich verleugnete. Diese Einsamkeit, die sogar die Laken der Gelegenheitsliebhaber einer Nacht durchtränkte. Dieses zwingende Bedürfnis nach Gesellschaft, die nicht zu finden war.

Paul und Hélène Denoël machten sich solche Sorgen um mich, als ich immer mehr in die dunklen Zonen meiner Seele hinabtauchte: eine Frau zu sein, Ansprüche an sich zu stellen und an die anderen, Kind zu sein ohne Eltern, schwarz zu sein, kolonisiert zu sein. Laura, Leonora, die Denoëls und andere treue Freunde wurden zu Zeugen dieser Zeit von Tränen.

Eines Abends nahm Lauras Mann mich mit in ein Konzert von Leonard Cohen. Ich verlor meinen Begleiter, fand mich zwischen den Kulissen plötzlich auf der Bühne wieder, und wurde vom Beifall des Publikums begrüßt, das auf meine Brüste unter dem durchsichtigen indischen Stoff starrte und nicht begriff, daß ich mich verlaufen hatte. Ein paar Sekunden glitt mein Blick über diesen Saal voll weißer Gesichter; ich schaute über ein Tal hinweg, in dem meine Gedanken tanzten. Und schon waren sie wieder da, diese irrlichternden Ängste. Wenigstens für einen Abend hatte ich ihnen ausweichen wollen ...

Nach dem Konzert lief ich Lauras Mann davon und zog mit Leuten »meiner Art« in eines unserer bevorzugten Viertel, ins Getümmel einer Rasse von Riesen auf der Suche nach imaginären Heldenepen.

Jedesmal wenn ich wieder in diese verräucherten Lokale kam, zu all diesen unsteten, herumlungernden Leuten mit zerzausten Haaren, mit leeren und müden Blicken, weil sie zu lange nichts sahen, hatte ich das Gefühl, mich selbst wiederzufinden, mich zu entspannen, wenn ich mich mit ihnen unterhielt, zu ihnen zu gehören, zu sein wie sie. Hier fiel ich nicht auf, hier war ich nicht abgestempelt. Ihr Traum war der meine – eine Welt, wo Tag und Nacht Hand in Hand gingen, wo Wissen und Ahnen verschwommen, wo aus dem Gedankenblitz eine ganze Leuchtspur von Illusionen entsteht und im Traum zur Wirklichkeit wird.

Hier sah jeder im anderen nur Schönheit, jeder war eingehüllt in eine Aura von Rauch und orientalischen Düften, in elektronische Klänge, zu denen die Welt und das Universum die magnetische Phase des Wassermanns begannen, schrille Sphärenmusik vom fernen Horizont der Verheißungen. Sie zerriß uns das Trommelfell mit ihren Vibrationen, schüttelte uns und ließ die Panzer von Erziehung, Religion und Konventionen bersten. So fühlten wir es, so hofften wir es.

Eines Abends drängte es mich auf einen Trip mit Yellow Sunshine, einer Droge aus den Schweizer Chemielabors. Ich war in Begleitung von Laurence, einer französischen Freundin, und schien wie immer voll Lebensfreude zu sein.

Die Säure wirkte schnell, ich sah meine Umgebung wie mit Millionen von phosphoreszierenden Pailletten übergossen, konnte kaum noch mein Glas halten. Als ich versuchte aufzustehen, hatte ich das Gefühl, schnurgerade ins Leere hinunterzufallen. Mir fehlte die Luft zum Atmen, die metallischen Pailletten verstopften mir die Nasenlöcher.

»Laurence, ich will raus.«

Hatte sie mich überhaupt gehört? Mir selbst kam es so vor, als sei kein Ton herausgekommen, als hätte ich auch den Mund voll Pailletten.

»Ist dir nicht gut, Ken?« Laurence' Stimme klang wie das Echo des Windes in einem tiefen Tal.

»Doch, es geht, aber ich möchte woandershin. Vielleicht nebenan?«

Ich hörte mich flüstern. Totale Übelkeit überfiel mich. Mir war zumute, als ob die metallischen Pailletten mein Blut gerinnen ließen. Ich bekam Angst, Todesangst drückte mir die Kehle ab. Ich weiß nicht, wie ich hinauskam.

Draußen sackte ich auf der Straße zusammen. Eine halbe Stunde, eine Stunde, ein ganzes Leben, ich wußte nicht, wieviel Zeit verstrichen war, seit ich diese winzige Pille geschluckt hatte. Ich fühlte mich am ganzen Körper wie verbrannt, die Säure schien in meinem Gehirn bis in die tiefsten Winkel einzudringen.

Ich sah ein Auto näherkommen, aber ich konnte mich nicht erheben. Die Scheinwerferstrahlen waren Schwerter, die sich in mich bohrten, ich schrie auf. Eine Frau stieg aus. »Also, mir reicht's. Diese Drogensüchtigen, die einfach rumliegen und einem die Unfälle einbrocken. Ich hab' eine Familie, ich habe Kinder, und ich habe keine Lust, wegen euch Scherereien zu kriegen. Und schon gar nicht wegen einer Ausländerin. Krepieren Sie gefälligst bei sich zu Hause, wenn's schon sein muß, Himmel noch mal!«

Plötzlich kam ich zu mir, wie zum letzten Mal: »Bitte, können Sie mich zu Laura bringen?« Ich lag noch immer auf der Straße, der Körper wie zerrissen, das Gehirn in Brand, unfähig, eine Bewegung zu machen.

»Wer ist Laura?« Ich konnte die Adresse sagen, aber nicht aufstehen, ins Auto steigen. Sie packte mich unter den Armen und schleifte mich hinein; ich sackte auf dem Sitz zusammen, ich hatte gräßliche Visionen.

Zu Laura. Die Mutter, die Schuldige, ich liebte sie, manchmal mit Sehnsucht, manchmal mit Ablehnung, weil sie mich schuldig machte.

François, ihr Freund, öffnete, bedankte sich bei der Frau und trug mich dann wie ein Bündel Lumpen hinauf, nur noch ein dahingleitendes Bündel im schrecklichen Universum der Droge, das Bewußtsein in Fetzen.

Die Treppe, die ich schon Hunderte von Malen hinaufgegangen war und deshalb kannte wie die Finger meiner Hand, war einer von Kafkas Irrgärten. In dem so vertrauten Wohnzimmer überfielen mich plötzlich tausend Dämonen. Die Marionetten, die Laura aus Bali mitgebracht hatte, wurden lebendig und spießten mich auf ihre Speere. Das Blau des Diwans zerfloß wie Lava aus einem Vulkan, und als ich darauf lag, stürzte mit Getöse die Zimmerdecke auf mich herab.

Ich kratzte mir die Haut bis aufs Blut auf. Ihre Schwärze erstickte mich. Oh Gott, wie weit weg die Mutter war.

Laura war auch wach geworden und brachte mir einen Apfel, den ich nicht halten konnte, weil er einen riesigen Umfang annahm. Ich klammerte mich an sie und bat sie, mir die Haut herunterzuziehen, ich wollte keine schwarze Haut mehr haben. Dann die übliche Aufregung, wie immer, wenn ich eine »Dummheit« gemacht hatte: gute Ratschläge, Predigten. Dieses Drama existierte doch gar nicht, war doch von A bis Z erfunden, bloß hatte ich daran geglaubt und war beinahe freiwillig in diese Falle gegangen ... Um dieses Undefinierbare namens »Kolonial-Trauma« zu beweisen ... Ob denn alle die Übel, die der schwarze Mensch durch die Geschichte hindurch erlitten hat, alle meine Freundschaften durcheinanderbringen müsse ... Nur ein Vorwand, eine Ausrede, der Sündenbock ... Und für mich war das ein bequemer Ausweg. In der Verzweiflung klammerte man sich an vieles. Warum rechnet niemand mit den Reaktionen einer schwarzen Frau auf den Neokolonialismus?

Also wieder die dunklen Regungen im Innern zurückhalten, die doch erst das Gleichgewicht, das Aufblühen des Ich sichern ... Die Tage verstrichen wie verleugnete Träume. Das Wesen, das im Unterbewußtsein entstehen sollte, so wie Termiten ihren Bau anlegen, versteckte sich in einer dritten Dimension ...

Die Menge – Inbrunst ...

Die Moschee ...

Der Glauben ... Die Arbeit ...

Das Gebet ...

Das Paradies ...

Ehre sei Serigne Tuba!

In dieser Welt ist nichts und niemand frei. Nur die Liebe war frei, und nicht alle hatten Liebe.

Ich warf der Mutter vor, daß sie mich nicht mitgenommen hatte.

»Aber du bist in die Schule gegangen; deshalb habe ich dich nicht mitgenommen.«

Die Französische Schule war gerade erst eröffnet worden. Sie bestand aus einem ebenerdigen Haus, dessen eine Hälfte als Klassenzimmer diente und die andere als Wohnung für den Lehrer. Von unserem Haus aus konnte man sie sehen, drüben auf der anderen Seite der Bahngleise, mitten unter den Bäumen.

Mein Schulweg begann unter unserem Baobab, über seine dicken Wurzeln hinweg, ich hatte immer das Gefühl, über eine fette, lange Schlange zu laufen. Der Pfad führte auf einen etwas breiteren, gewundenen und ruhigen Weg, dann über die Gleise hinweg hinüber zur Schule. Die vielen Bäume rundum hüllten die Schule in ihren Duft. Die Baobab waren Zeugen, wie die Französische Schule ins Dorf kam, stumme Zeugen, erst später hatten sie etwas zu erzählen.

Wir waren nicht viele Schüler in jenem Jahr. Ich hatte keinen kleinen Bruder, keine kleine Schwester, auf die ich aufpassen mußte, also durfte ich in die Schule, die Jüngste in der einzigen Klasse und aus meiner Familie das einzige Mädchen, alle früheren Generationen mitgezählt, das jemals eine Schule betreten hatte.

Zuerst hielt ich es für ein neues Spiel, wie mir der Busch, der mein Dorf umgab, schon hundert andere bot. Aber alles änderte sich mit dem ersten französischen Buchstaben, den der Lehrer vorsprach und dann an die Wandtafel schrieb: »i«.

Diesen kurzen und schneidenden Laut schrie ich beinahe, als ich ihn mit verzerrten Backen nachmachte. Ich spürte das Blut durch meinen ganzen Körper fließen und bis in den Kopf steigen. Der Klang des »i« erschreckte die Vögel, die den ganzen Tag in den Blättern sangen. Die Termiten zogen davon und legten ihren Bau anderswo an.

Die ganze Klasse wiederholte diesen ersten Buchstaben in der Französischen Schule in diesem Dorf in Ndukumane. Die Französische Schule – tausend Welten und Glaubenssätze wird sie umstürzen, und alle werden sie sich hinter dem schreckerstarrten Baobab verbergen und Menschengestalt annehmen.

8

Von der Rue de la Source, in der die Quelle für mich versiegt war, in der ich nicht zu meinen Quellen zurückkehren konnte, zog ich um in die gleiche Straße, in der Laura wohnte. Ich schlug mich mit allen möglichen Jobs durch: Mannequin, Fotomodell, Malermodell. Einmal spielte ich einen Abend lang Garderobenfrau. Solche Jobs übernahmen damals Studentinnen und zukünftige reiche Erbinnen. Ich war weder das eine noch das andere, aber es brachte ein bißchen Geld ein.

Es war eine afrikanische Band da, die Sorte von Orchester im Exil, die zu solchen privaten Empfängen gehört, auf denen die Großbürger unter sich sind. Ich bereitete kleine Kärtchen mit Nummern vor; der Hausherr, ein Freund von Laura, erwartete keine Massen. Die Gäste gaben Panther- und Chinchillamäntel bei mir ab, Hüte und Mützen aus Wolfspelz von ich weiß nicht wo.

Und dann erschien ein Paar mit einem Leoparden an der Leine, den sie aus Südafrika mitgebracht hatten. Bei seinem Anblick verschwand ich hinter den Mänteln. Füchse, Nerze und Seehunde hüllten mich ein. Die Musiker rissen die Augen auf und versuchten, hinter ihren Instrumenten in Deckung zu gehen.

»Also, ihr Afrikaner, ihr dürft doch keine Angst vor Leoparden haben; er kommt aus eurem Land«, wunderte sich der Hausherr.

So waren die Vorstellungen. Die Musiker weigerten sich zu spielen, solange der Leopard da war; die Gäste weigerten sich, den Leoparden fortzubringen, denn er gehörte zum Programm: Es war eine Party für Pelzhändler, mit afrikanischer Band, afrikanischer Garderobenfrau, afrikanischem Leoparden. Europäer neigen manchmal zu bizarren Einfällen. Zum Schluß gaben wir nach, die Musiker, der Leopard und ich. Es war ein Schauspiel: die Musiker, Schweiß auf der Stirn, die großen Augen auf den Leoparden gerichtet; der Leopard nervös von Lärm und Rauch, vom Geruch nach Alkohol und Lammbraten am Spieß. Und rundherum Samt und Seide, Saphire, Diamantengefunkel. Welch ein Fresko.

Das Leben machte sich nichts daraus und ging weiter. Das Arrangement mit den anderen hielt sich.

In einem Restaurant, das Arabern gehörte, wo aber doch nicht mit Kümmel und Gazellenhorn gekocht wurde, erwähnte ich eines Tages etwas von Arbeitssuche. Daraufhin wurde ich mit den Besitzern bekannt gemacht, zwei Brüdern, und wir vereinbarten ein Treffen am Abend, ohne daß ich wußte, was ich in diesem Restaurant tun sollte, zu dem auch noch ein Nachtklub gehörte. Ich erschien in einem schwarzen Seidenkleid aus den dreißiger Jahren und außerdem betrunken. Denn die ganze Sache paßte mir nicht.

»Können Sie tanzen?« fragte mich der eine Bruder.

Die Frage überrumpelte mich derartig, daß ich beinahe »Nein« geantwortet hätte. »Tanzen? Natürlich kann ich tanzen.«

»Ja, natürlich, wie alle Schwarzen. Wir haben einen Job für Sie. Als Tänzerin bekommen Sie einen festen Wochenlohn; und wenn Sie ein bißchen animieren, bekommen Sie Prozente von den Getränken und dem Champagner.«

Ich fing noch am gleichen Abend an. Tanzen war eines der Mittel, das ich bewußt einsetzte, um mich von der Kruste zu befreien, die mich daran hinderte, das Rascheln der Büsche, das Surren der Hitze in mir wiederzufinden.

Jeden Abend war ich in diesem Nachtklub, eingehüllt von gedämpftem Licht, Rauch, Musik, Alkoholdunst. Ich tanzte, weil mir das Spaß machte, aber sobald es voll wurde, hörte ich auf, setzte mich zu den Gästen und unterhielt mich mit ihnen. Die Männer luden mich manchmal zum Essen in das Restaurant oben ein und machten mir Komplimente über meine Art zu tanzen: »Der Rhythmus liegt euch im Blut, euch Schwarzen.« Aber die Männer machten mir aus ganz anderen Gründen den Hof.

Die Besitzer gaben mir einen Wink, ich sollte sie zum Trinken bringen, und zwangen mich, Champagner oder Schnäpse zu bestellen. Die Getränke interessierten mich nicht, die Prozente auch nicht, das hatte ich nicht nötig. Ich wollte Menschen begegnen, mich mit ihnen verständigen. Ich erzählte ihnen vom Mond, vom Wind, von Kunst, Architektur der Dogon und von Le Corbusier und fragte sie, ob sie eine Frau und Kinder hätten.

»Man muß Kinder haben«, sagte ich ihnen.

Am Anfang machte es Spaß, aber ich merkte bald, daß die anderen nicht mit mir zufrieden waren. Sie konnten mich nicht einordnen. Ich dachte, ich könnte hier verdienen, was ich zum Leben brauchte, ohne gezwungen zu sein, mich für ein Glas Sekt zu verkaufen.

Und ich holte alle meine Hippie- und Beatnik-Kameraden her, die ganze abgerissene, verträumte Diaspora.

Eines Tages rief mich einer der Besitzer zu sich: »Weißt du, Ken, du bist sehr nett und freundlich, sympathisch, aber das genügt nicht. Wir brauchen jemanden, der die Männer spitz macht, eine Animierdame.«

Eine Animierdame? Um wen wozu zu animieren? »Sie haben mich angestellt, damit ich tanze, und das tue ich.«

»Ja, aber du kannst noch mehr tun, Ken, du gefällst den Männern. Du verstehst schon, was ich sagen will; du verhext sie, ohne es zu wollen. Du bist eine Schwarze, und du bist schön. Das mußt du ausnutzen.«

Ich antwortete ihm, daß ich das nicht nötig hätte, falls ich in meine eigene Tasche arbeitete, und es mich nicht interessiere, falls es für ihn sein sollte, und dabei bliebe es.

»Ach Ken, denk nicht soviel nach, wo es nichts zu denken gibt. Jede Frau muß sich verkaufen. Die Leute fragen ständig, wo wir dich entdeckt haben; du bist attraktiv und intelligent, und du bist schwarz. Also, wenn du Geld verdienen willst, dann hör auf, den Kunden ständig von Metaphysik und Poesie zu erzählen. Wir hier sind keine Poeten.«

Wie oft traf ich Jean Wermer, ehe ich wieder in den Klub ging. Wir aßen immer im gleichen italienischen Restaurant. Er fand, ich sehe traurig aus, und machte mir ein Kompliment: »Sogar traurig ist dein Gesicht noch ausdrucksvoll und schön. Du solltest zum Theater gehen.«

Jedesmal wenn er mir sagte, was ich tun sollte, wurde ich noch unglücklicher und trauriger! Ich erzählte ihm von der Leere tief in mir. Solche Beichten liebte er nicht. »Du bist jung, du bist schön und intelligent, reiß dich endlich mal zusammen.«

»Ja, du hast recht«, antwortete ich, um das Thema zu wechseln. Ich hätte ihm gerne von den Vorschlägen erzählt, die man mir im Klub gemacht hatte, aber ich ließ es sein. Jean Wermer hatte mir versprochen, mich einmal im Klub zu besuchen, aber er kam nicht mehr dazu. Ich warf den Job hin; die Besitzer wollten das nicht hinnehmen, zahlten mir meinen letzten Lohn nicht aus und drohten mir.

»Wir wissen Bescheid im Milieu«, sagten sie.

»Welches Milieu? Und was habe ich damit zu tun?«

»Das wirst du bald erfahren.«

Ich erzählte das Jean, der sich da auch nicht auskannte. Die Leute, mit denen ich verkehrte, wußten auch nicht mehr. Die ganze Welt besteht aus einer Unzahl von parallelen Leben.

Aber eine befreundete Senegalesin kannte das »Milieu«. Zum ersten Mal ging ich zu ihr nach Hause, sie wohnte im elegantesten Viertel von Brüssel.

Mutlos, niedergedrückt erklärte ich ihr meine Probleme mit den Besitzern des Nachtklubs, in dem ich ahnungslos gelandet war. Sie kannte diese Leute, hatte schon einmal mit ihnen zu tun gehabt.

»Bleib hier, iß etwas, wenn du willst, und ich will mal schauen, was da los ist. Aber es ist auch deine Schuld. Du kommst nach Europa, hast keine Ahnung, läßt dich auf unmögliche Sachen ein und riskierst, heroinsüchtig in Caracas zu landen, wo du dann für irgendwelche Hintermänner, die dich nie wieder aus den Klauen lassen, auf den Strich gehen mußt.«

Sie war die ältere Schwester, sie sprach wie eine älteste Schwester daheim gesprochen hätte. Afrika, du hältst trotz allem durch! Sie war selbstsicher, und das beruhigte mich. Im Handumdrehen löste sie das Problem. Ich bekam mein Geld, das sie mir sofort aus der Hand nahm und in ihre Tasche steckte, ich weiß nicht, mit welchem Recht. Ich stellte keine Fragen, ich wollte aus diesem Schlamassel heraus. In Afrika hätte es eine älteste Schwester auch so gemacht.

Ich verabschiedete mich vom Portier, dem einzigen normalen Menschen in diesem Laden, in dem sogar der Tellerwäscher ein Spitzel war.

Am gleichen Abend ging ich aus, wie für einen Ball gekleidet. Ich hatte schon lange nicht mehr in der Komplizenschaft der Schatten gelebt, an die ich mich so gewöhnt hatte.

Die Straße, in der ich wohnte, war die Straße der Prostitution. Mädchen in erleuchteten Autos, Mädchen an den Ecken, Miniröcke, hohe Absätze; Mädchen, die Schaufensterbummel mimten; Mädchen, die mit trostlosen Blicken die Männer verfolgten, welche von einer Begierde aufgestachelt waren, die weder Ehefrau und Kinder noch die Arbeit befriedigen konnte.

Wenn ich an diesen Mädchen vorbeikam, hatte ich mir oft gewünscht, die tiefen Gründe hinter allen Tatsachen der Welt und des Lebens zu verstehen! An diesem Abend ging ich zufällig in einen Nachtklub, der erst vor kurzem eröffnet hatte. Nachdem ich schon Erfahrung mit solchen Lokalen hatte, begriff ich schnell, was hier los war. Ich lernte einen Schweizer Arzt kennen, mit dem ich eine neue unerfreuliche Affäre anfing, die mich in einen Wirbelwind zog.

Zwei Tunesier und eine Schweizerin, die ich kennengelernt hatte, als ich noch Tänzerin in diesem Nachtklub war, und mit denen ich gleich über Politik diskutiert hatte, luden mich zum Essen ein. Sie wohnten in meiner Nachbarschaft. Wie alle Nachtschwärmer aßen wir erst am Nachmittag. Es gab ein tunesisches Gericht aus grünen Erbsen und geschälten Tomaten mit Harissa und viel Knoblauch. Alles verlief recht angenehm; sie schienen freundliche, ganz unkomplizierte Leute zu sein. Nur ein kleiner Zwischenfall ließ mich an ihrer Harmlosigkeit zweifeln.

Wir hörten Schritte und eine Stimme, und im nächsten Moment hatte der ältere der beiden Tunesier schon seinen Mantel übergeworfen und stieg zum Fenster hinaus auf die Straße. Ein paar Minuten später kam er wieder herein und entschuldigte sich bei mir: »Man muß vorsichtig sein, bei all dem, was in Tunesien los ist.« Ich dachte an Gewerkschafter und Politiker im Exil, aber später erfuhr ich, wie sehr ich mich da geirrt hatte. Nach diesem kleinen Zwischenfall lud die Schweizerin mich ein, mit ihr auf einen Drink ins Hotel Hilton zu gehen. Ich nahm ohne Hintergedanken an; ich war gern in der Gesellschaft von Frauen, und der Vorschlag kam mir recht.

Es war nicht weit bis zum Hilton, und während wir gemächlich dorthin schlenderten, beobachtete ich diese Frau: Sie hatte kein Alter, keine Form, kein Gesicht. Sie trug ein Kleid in der Farbe ihrer Haut und wirkte dadurch noch anonymer. Ich hätte ihr gerne gesagt, daß sie lieber bei Tag und an der frischen Luft leben sollte, aber ich ließ es doch sein. Sie war wirklich der Typ, den ich im Lebensmittelladen oder in der Wäscherei nicht bemerkt hätte, aber sobald sie lächelte, wurde sie plötzlich lebendig.

Ich erzählte ihr gerade, daß ich mich an der Universität einschreiben wollte, in Kunstgeschichte und Archäologie, und außerdem ein Diplom in Englisch machen wollte. Ich redete aber mit mir selbst, denn ich hatte schon gemerkt, daß sie sich nicht dafür interessierte oder nichts davon verstand.

»Ken, Geld ist wichtig; aber Intelligenz und Bildung und Wissen, das bringt dir bloß Sorgen. In dieser Welt geht alles bloß ums Geld, die Leute interessieren sich nicht für das, was du erzählst. Du gefällst den Männern, Ken; du bist eine Schwarze, du kannst dir ein Vermögen verdienen.«

In den Hallen des Hilton waren wir genauso anonym wie die Menge, die dort herumlief und herumsaß. Wir gingen in die Bar und bestellten uns die Drinks mit den exotischen Namen. Nach einer Weile entschuldigte sich die Schweizerin bei mir, sie mußte einen Bekannten treffen, der im Hotel wohnte.

»Soll ich dich begleiten?« fragte ich.

»Nein, warte hier auf mich; es dauert nicht lange.«

Ich kam nicht auf die Idee, daß diese Schweizerin eine Prostituierte war und zu einem Kunden ging.

»Gut, ich warte«, sagte ich.

Ich schaute ihr nach, wie sie genauso gesichtslos wie zuvor zum Aufzug ging. In allen Luxushotels sehen die Hallen, die Salons, die Bars gleich aus, haben die gleiche Atmosphäre, die gleichen Gäste aus den gleichen Kreisen, die mit dem Schweiß der anderen reich geworden sind. Die Männer lutschten an Davidoff-Zigarren. Draußen auf der Straße beschleunigten die kleinen Leute, die Passanten, Büroangestellten, die Dienstmädchen, die Mütter, den Schritt vor diesem Eingang zu vage vorgestellten, gefürchteten, begehrten und meistens verdrängten Vergnügungen; aber im Grunde genommen wollten doch alle das gleiche: das Leben in sich spüren. Der verstohlene Blick zum anderen, als ob man leugnen wollte, daß man einen Moment lang gewagt hatte, zu beben, zu träumen, konnte nicht darüber hinwegtäuschen. Man trottete durch das musterhafte, ordentliche und ausgeglichene Routineleben, aber manchmal brüllte das Herz vor Zorn und quälender, sehnsüchtiger Verzweiflung.

Ich schaute zu, wie die Leute in den Hotelsalons ein- und ausgingen. In meinen Illusionen identifizierte ich mich mit diesen Damen der guten Gesellschaft, sah mich mit Saphiren, Diamanten und feinen Perlen geschmückt am Arm eines Mannes, der seine Schuhspitzen nicht sehen konnte. Ich konnte eine von diesen Damen sein.

Der Cocktail zeigte seine Wirkung. Die Lichter schienen vor meinen Augen zu tanzen. All dieser Luxus reizte mich auf, ich wurde zur Figur in diesem dekadenten Spiel, benahm mich selbst wie ein Luxusprodukt und wurde schließlich eines.

Ich bot mich an. Das Bewußtsein, diese zweischneidige Klinge - man mußte seine Zweifel zum Schweigen bringen.

Männer schielten zu mir herüber. Ich brachte mit Absicht das System ihrer Vorurteile, ihrer Denkschablonen und Klassenordnung durcheinander. Ich konnte das, weil ich eine Frau war, Ziel ihrer Wünsche - ein großes Rätsel.

Eine schwarze Frau, zur Schau gestellt in diesem käuflichen Luxus - auf sie konzentrierte sich alles: Begierde, Ablehnung, Anmache und Versuchung. Sie sprengte in gewissem Sinn die Logik der Geschichte, die die Dekadenz für sich selbst geschrieben hatte.

Ich bot mich an. Ich war nicht überrascht, als der Kellner, makellos in seiner Hilton-Uniform, mich fragte, was ich trinken wolle. Das Angebot kam von einem Herrn, der in der Nähe saß. Er schien wie aus einem Roman von Alexandre Dumas entsprungen.

Ich bestellte einen weiteren Cocktail.

Ich wurde begehrt, ich gefiel; die Prostitution brachte mir einen Augenblick lang eine andere Aufmerksamkeit, eine andere Anerkennung als im täglichen Leben, wo man mich mit etwas gleichsetzte, was ich gar nicht sein wollte. Wenn ich mich für Weiße prostituierte, fiel eine Seite der Zweideutigkeit weg.

In der Französischen Schule hatte man mich allerdings das Gegenteil gelehrt.

Ich antwortete dem Herrn mit den grauen Schläfen mit einem hübschen Negerlächeln und leerte schnell mein Glas, um zu zeigen, daß ich zur Verfügung stand. Er verstand und forderte mich mit einer Geste auf, ihm zu folgen. Ich stand auf, er ging zum Aufzug, und ich hinterher.

Plötzlich waren wir allein.

»Guten Tag, Sie sind sehr hübsch, kommen Sie aus Afrika? Aus welchem Land? Und wie heißen Sie? Das ist ein hübscher Vorname. Wissen Sie, ich kenne Afrikanerinnen, aber so eine wie Sie noch nicht.«

Immer die gleiche Sache, der gleiche Refrain. Er berührte zuerst meinen Arm, legte dann seine Hände auf meinen Kopf, hielt ihn fest, schaute mir in die Augen. Ich bekam etwas Angst. Was war mit ihm los? Der weiße Mann und die schwarze Frau – das Leben, ein Knäuel aus Geschichte und verdrehter Geschichte.

Der Aufzug schien im obersten Stockwerk zu halten. Der Mann bewohnte in einem der teuersten Hotels der Welt eine Suite.

»Machen Sie es sich bequem. Ich bin geschäftlich hier, für etwa eine Woche. Ich lebe an der Côte d'Azur, mit meiner Familie.«

Ich wollte ihn nicht mehr hören. Ich stand auf und trat an das riesige Fenster. Die ganze Stadt breitete sich in der Tiefe aus wie in einem Tal. Ich versuchte mir vorzustellen, was in jedem Büro, jeder Werkstatt, jedem Haus vor sich ging; die Sorgen der Menschen, ihren Ehrgeiz, ihre Ziele, ihre Wünsche. Ich stand hier oben, ohne Ehrgeiz, ohne Ziel, ohne Wünsche, denn ich gehörte nirgends hin.

Der Mann öffnete eine Flasche Champagner rosé und gab mir ein perlendes Glas. Wir tranken auf die Schönheit und auf den glücklichen Zufall, daß er mich getroffen hatte und wir nun hier zusammen waren. »Ziehen Sie sich aus, und lassen Sie sich anschauen, Sie haben sicher einen wundervollen Körper. Oh, entschuldigen Sie, wo habe ich meinen Kopf. Wie viel wollen Sie?«

Beinahe hätte ich geantwortet, daß ich gar nichts anderes wollte, als mit einem Weißen zusammenzusein, anerkannt und akzeptiert werden wollte.

Er bemerkte, daß ich zögerte. »Sagen Sie doch, was Sie wollen.«

Ich wollte gehen, aber wie sollte ich das jetzt noch anstellen? Da fiel mir ein, daß er mich selbst fortschicken würde, wenn ich eine einfach kolossale Summe forderte, die er nicht bezahlen konnte und wollte. Ich verlangte dreißigtausend belgische Franc. »Soviel kostet ein Nerzcape, das ich unten in einer Geschäftsvitrine gesehen habe«, sagte ich.

»Einverstanden, Sie bekommen das Cape.«

Er griff zum Telefon und rief im Geschäft unten an. Dann setzte er sich zu mir und schenkte mir noch ein Glas Champagner ein.

»Ich möchte Sie wiedersehen. Sie müssen mir Ihre Adresse geben, und jedesmal wenn ich nach Brüssel komme, treffen wir uns.«

Dabei kannte er mich noch nicht einmal! War meine Weiblichkeit so sichtbar? Oder lag das nur am »Ligeey u ndey«*?

Ich war berauscht vom Champagner und auch von meinem anderen Ich, das solche Augenblicke genoß, die man gerade dann besonders gerne für wahr hält, wenn man sich buchstäblich in Illusionen umbringt.

Der Mann lächelte mich unentwegt an, sprach auf mich ein, fing an, mich zu streicheln. Und wenn er der Teufel war?

* Ligeey u ndey, wörtlich: die Arbeit der Mutter; im übertragenen und symbolischen Sinn die Aura von Glück oder Unglück, die das Kind im Leben begleitet, je nachdem, ob die Mutter eine gute Ehefrau war oder nicht

Der Teufel ist weiß und nimmt menschliche Gestalt an. Er streichelte mich noch immer. Ja, es war immer das gleiche. Diesen Körper, diese Haut, diese Farbe streicheln. Ich hätte schreien können. Diese rötlichen, nervösen Hände, manchmal kalt, daß man das Schaudern bekam, und dann erwärmten sie plötzlich.

Ein diskretes Klopfen an der Tür; er erhob sich mit Eleganz, ging öffnen, bedankte sich. Die Tür schloß sich wieder, und er kam mit einem Paket unter dem Arm zu mir.

»Ich glaube, das ist für Sie, Madame.«

In diesen Kreisen zeigt man Haltung. Es war das Nerzcape.

»Probieren Sie gleich an; wenn es nicht paßt, tauschen wir es um.«

Ich stellte mein Glas ab. Er legte mir das Cape um. In diesem Augenblick wäre ich am liebsten gestorben. Er stieß einen bewundernden Laut aus.

»Sie sehen darin großartig aus.«

Solche Bemerkungen war ich gewöhnt, wenn ich als Mannequin Modelle der Haute Couture vorführte, aber diesmal war es anders. Er stürzte sich auf mich, nahm mich auf die Arme, trug mich ins Nebenzimmer und warf mich auf ein daunenweiches Bett.

Er zog mich aus, dann sich selbst, und ich wandte mich ab, tat so, als ob ich dieses luxuriöse Schlafzimmer betrachten würde. Er suchte meinen Blick, als er sich mir näherte. Er küßte mich auf die Lippen, und einen Augenblick glaubte ich, daß dies alles tatsächlich Wirklichkeit sei und das ganze Leben lang dauern würde; jeder Sinn für Vernunft und Realität war verschwunden. Mir war zumute, als sei ich aus einem Abgrund emporgestiegen, aus meiner Wirklichkeit, aus meinem Leben.

Er zog sich genauso schnell wieder an und fuhr sich mit den Händen durch das nach hinten gebürstete Haar.

»So, Sie müssen jetzt gehen, ich meine, ziehen Sie sich an und so weiter. Kommen Sie morgen abend um sieben Uhr wieder, wir werden zusammen essen und dann ausgehen. Hier, das ist für Ihr Taxi. Heute abend muß ich mit Geschäftsfreunden essen gehen.«

Als ich mich anzog, hätte ich am liebsten geschrien. Die menschliche Misere - das hier gehörte dazu.

Eine Flucht war unmöglich. Mein Anteil an der Misere war das Gespenst Einsamkeit. Auf Wiedersehen, weißer Mann. Oder vielmehr: Adieu, so sehr Begehrter. Es gibt keine Fortsetzung, morgen.

War ich denn ohne Empfängnis geboren? Ich fand mich wieder kolonisiert und in der Kategorie »ohne Mutterschoß, ohne Ort, um den Kopf niederzulegen«.

»Und vergessen Sie vor allem Ihr Cape nicht! Ich muß jetzt gehen. Ziehen Sie die Tür hinter sich zu.« Er gab mir einen Kuß auf die Stirn, streichelte mir über die Schenkel und verschwand.

Ich warf mich auf das Bett, in die unerwartete Wärme des Capes, das mich weich streichelte, und begann, mein Leben zu rekapitulieren, von der Abreise der Mutter bis zu diesem Tag.

9

Den Beschützer suchen und ihn ablehnen, damit ich bei der Mutter das Schweigen nicht rechtfertigen muß, das zwischen uns herrscht, seit ich eine Frau bin.

Ein Jahr nach ihrer Abreise wurde ich zu ihr und der Großmutter gebracht, in ihr Dorf. Aber wir haben nie mehr wirklich miteinander gesprochen. Wir redeten über dieses und jenes, aber wir fühlten uns nie wie Mutter und Tochter. Seit meiner ersten Menstruation verschloß ich mich immer mehr in mich selbst. Manchmal betrachtete ich sie, wenn sie zusammengerollt auf einer Matte lag und leise schnarchte. Ich wußte, daß sie die Mutter war, wegen der ich die bittersten Tränen vergossen hatte, Kindertränen, damals an der Bahnstation.

Zwei Jahre nach meiner Geburt hatte eine meiner großen Schwestern auch ein Kind bekommen; weil sie mit ihren fünfzehn Jahren noch zu jung war, um sich um einen Säugling zu kümmern, übernahm meine Mutter dieses Kind als Ersatz für das andere, das man ihr weggenommen hatte: mich. So kam es, daß »meine« Mutter nicht mehr da war, als ich zu ihr kam; nur noch »die« Mutter. Es gab nur noch Schweigen.

Als ich die Aufnahmeprüfung für das Gymnasium bestanden hatte, lief ich zu ihr auf den Markt, um es ihr zu sagen, und sie schenkte mir eine Zehn-Franc-Münze.

Als das Schuljahr begann, brachte sie mich in die Stadt zu ihrer Schwester, die in einem großen Haus wohnte, das der Großmutter gehört hatte. Die Großmutter war vor einem Jahr gestorben; ich wußte nichts von ihr, denn auch sie sprach nie mit mir, schaute mich nur verächtlich an, denn sie war nie damit einverstanden gewesen, daß ich in die Französische Schule ging.

Wie eine Fremde lebte ich ein Schuljahr lang bei der Tante. Ich war allein und verbrachte alle Zeit nur mit Lernen. In fast allen Fächern hatte ich die besten Noten, aber das interessierte hier niemand, und die Erfolge in der Schule trösteten nicht über die Einsamkeit hinweg, die einen überfällt, wenn einem die Kindheit geraubt wird.

Das zweite Jahr im Gymnasium sollte ich bei der Familie des Rektors leben, der aus dem gleichen Dorf kam wie meine Mutter. Seine Frau stammte aus der Stadt; ich fand sie hübsch, zivilisiert und sehr streng. Ich schlief im gleichen Raum wie alle ihre Kinder, zusammen mit zwei weiteren kleinen Mädchen in meinem Alter, die man der Familie »geschenkt« hatte, damit sie alles lernten, was eine Hausfrau können muß, und außerdem in die Schule gehen konnten. Die Schule wurde allmählich zu einer Selbstverständlichkeit.

Ich fühlte mich wohl in diesem Haus, obschon wir neben der Schule die ganze Arbeit im Haus machen mußten. Es war ein Dienstmädchen da, aber die Hausfrau erklärte uns, ein Dienstmädchen sei keine Sklavin und helfe nur mit.

Nach drei Monaten brach eine unglaubliche Geschichte aus heiterem Himmel über mich herein. Als ich gegen fünf Uhr nachmittags aus der Schule kam, herrschte im Haus Geschrei und Lärm, und die Hausfrau befahl mir wütend, sofort meine Sachen zu packen und zu verschwinden. Ich war noch nicht einmal zwölf Jahre alt, ich begriff nicht, was mir da passierte. Was hatte ich verbrochen? Ich war die nützlichste Person im Haus. Warum wurde ich so plötzlich weggeschickt?

Schnell packte ich meine Sachen zusammen. Die Hausfrau beschimpfte mich, drohte, sie würde mich umbringen, nannte mich eine Nutte. Ich hatte keine Ahnung, was eine Nutte war; ich kannte nur das Wort und ahnte, daß es ein Schimpfwort war, weil ich es nur voll Verachtung gehört hatte. Und es galt immer nur erwachsenen Frauen. Beinahe hätte ich die Frau des Rektors noch gefragt, was eine Nutte war, aber ich wagte nicht einmal, sie anzuschauen. Ich holte einen Pferdewagen, legte meine Bündel darauf und bat den Kutscher, mich zum Haus meiner Tante zu fahren.

Unterwegs erzählte ich ihm, was mir passiert war. »Weißt du, ich habe keine Ahnung, warum. Ich war immer die erste, die aufgestanden ist, und die letzte beim Schlafengehen.«

»Ach, es ist wirklich unglaublich, heutzutage wollen die Frauen nicht mehr lernen, Frauen zu sein, sie sind zu nichts mehr nutze. Und dann kommt eine wie du; aber mach dir nichts daraus, es wird ihnen leid tun, sie werden dich vermissen. Eine Frau vermißt man immer. Tu du nur weiter dein Bestes.«

Der Kutscher verstand nicht, was ich ihm erklären wollte. Daß man mich beschimpft und fortgeschickt hatte und ich sehr gekränkt war und jetzt zu meiner Tante zurückmußte, bei der ich mich nicht wohl fühlte, weil ich dort nicht lernen konnte; daß meine Mutter in einem Dorf lebte, in dem es kein Gymnasium gab, und mein Vater im Ndukumane, und ich deshalb hier ganz allein war und leben wollte.

Mein Bestes tun. Aber was? Das einzige, was mich interessierte, das war die Französische Schule. Ich hatte gemerkt, daß ich leicht lernte; und es gab soviel zu lernen, und genug für alle. Warum sollte ich lernen, eine Frau zu sein? Ich war kaum zwölf Jahre alt und mir meines Körpers noch überhaupt nicht bewußt; auch für den der Mutter und der Schwester hatte ich keine Augen. Was zwischen meinen Beinen war, hatte mich noch nie beschäftigt, und auch nicht das, was es zwischen den Beinen der anderen gab, die man die Männer nannte; für mich waren das einfach nur ästhetische Unterschiede.

Mein Bestes tun ... Was ich für die anderen darstellte und was ich selbst fühlte, war so verschieden wie Tag und Nacht. Im Rütteln des Wagens begannen alle meine Überzeugungen, Ideen und Träume durcheinanderzuwirbeln.

Was sollte ich der Tante sagen? Die Mutter war nicht da, um als Vermittlerin zu dienen. Ich hatte es satt, von einer fremden Familie in die andere geschoben zu werden, nur um weiter in die Französische Schule gehen zu können. Wenn ich sah, wie die Kinder sich der Mutter in die Arme drückten oder den Finger des Vaters festhielten, dachte ich mir, wie schön das sein mußte; diese Sicherheit, diese Selbstverständlichkeit mußten gewiß beruhigen.

Ich kam um die Stunde zurück zur Tante, in der im Haus ein Betrieb herrschte wie auf dem Markt. Mindestens fünf Familien wohnten bei ihr zur Miete. Unter Tags waren nur die Frauen und Kinder da; abends, wenn die Männer heimkamen, veränderte sich alles. Der Ehemann, der Vater, der Versorger, der Geld für den Reis mitbrachte, Bonbons, Krapfen; der Mann, ohne den man nicht auskam und der den ganzen Tag hindurch schuftete, um seine Verantwortung und seinen Daseinszweck zu beweisen. Sobald die Männer heimkamen, umgaben die Frauen diese Masse aus Schweiß und Müdigkeit geschäftig mit tausend Aufmerksamkeiten, Diensten, Befürchtungen, Erquickungen.

Die Frauen blühten tagsüber auf und zogen sich wieder in sich zurück, wenn die Männer kamen. Die kleinen Kinder rivalisierten untereinander damit, welcher Vater mehr mitbrachte.

Es war die Stunde der Abenddämmerung, die bei uns wie nirgends so plötzlich herabfällt. Als die Kutsche vor dem Haus hielt, reckten sich die Hälse, und ein Dutzend Augenpaare forschte nach, wer da kam.

Ich erspähte die Tante in ihrem Morgenrock, sie war immer im Morgenrock. Sie schien nicht überrascht zu sein, mich zu sehen. Niemand kam mir entgegen. Sogar die Kinder, die sonst jedes Fahrzeug umringen, hängten sich an ihre Mütter und schauten mich komisch an, wie Kinder eben jemand betrachten, der ihnen nicht gleicht.

Ich bezahlte den Kutscher, griff nach meinen Bündeln und nahm meinen gesamten Mut zusammen, um den Hof zu durchqueren und dabei zurückhaltend zu grüßen. Alle diese Blicke auf mir; links hinüber, zwei Stufen zur Veranda hinauf, die Tante begrüßen, ins Zimmer gehen, das einzige, das sie nicht vermietet hatte. Die Tante erwiderte meinen Gruß, stellte mir keine Fragen und träumte weiter ihre Frauenträume.

Die Tante war einmal eine berühmte Schönheit gewesen. Ich hatte erzählen gehört, daß früher die Männer von weit her geritten kamen, um sie zu berühren und ihr den Hof zu machen. Sie brachten ihr Geschenke, die ihrer Schönheit würdig waren: goldenen Schmuck aus Ngalam, seltene Stoffe aus dem Orient, Seiden aus Europa. Die Besuche dieser legendenhaften Heldenkrieger dauerten manchmal einen Tag, manchmal eine Woche; es wurden Ochsen und Schafe geschlachtet, die Milch floß, die Griots sangen, und die Tante genoß das alles. Für ihre Zeit hat sie sehr spät geheiratet, sie hatte im Haus der Großmutter eine eigene Wohnung, in der sie allein lebte, was keine andere unverheiratete Frau tat. Aber der Einfluß der Großmutter, die aus dem Norden gekommen war, um sich hier in der Savanne niederzulassen, und die ihr Leben lang für all das geschwitzt hatte, was sie nun besaß, Achtung, Ehre, Reichtum, ersparte der Tante, all das zu Ohren zu bekommen, was man von ihr sagte. Sie war ein- oder zweimal verheiratet gewesen, jedesmal nur kurze Zeit und kinderlos. Nun war sie älter geworden, und man konnte ihn nur noch erahnen, diesen verlokkenden Blick und das verzaubernde Lächeln, das die Männer hatte seufzen lassen.

Hier bei der Tante hatte ich eine Petroleumlampe, die mir abends Gesellschaft leistete, wenn ich meine Hausaufgaben machte. Gegen zehn Uhr mußte ich aufhören, dann war Schlafenszeit. Ich schlief im gleichen Raum wie die Tante und teilte das Bett mit einem Mädchen, das etwas jünger war als ich und bei ihr lebte und arbeitete wie ich bei der Familie des Rektors: »geschenkt«. Man verlangte »nur ihre Knochen« von ihr.

Sobald ich am Spätnachmittag aus dem Gymnasium nach Hause kam, begann ich zu lernen bis zum Abend, und dann zündete ich die Petroleumlampe an, deren Flamme mich in der Phantasie an tausend andere Orte versetzte. Unterdessen gab es im Hof des Hauses ein Konzert aus lauten Stimmen; Kinder schrien, Babys weinten, Männer rülpsten zufrieden nach der Mahlzeit, und alles in vier verschiedenen Dialekten. Im Haus wohnten Leute aus dem Volk der Toucouleur, der Sérère, der Bambara und der Socé. Es gab nur eine einzige Toilette, man stand dort Schlange.

Ich stellte mich taub gegen all diesen Lärm und lernte wie besessen. Wenn ich notgedrungen zu Bett ging, dachte ich weiter über den »Discours de la Méthode« und Cinnas Tragödie nach, malte mir die Krönung irgendeines okzidentalischen oder westgotischen, vielmehr französischen, Königs in der Kathedrale von Reims aus.

Das Mädchen, mit dem ich das Bett teilte, ging nicht in die Schule. Sie ließ mich nicht lange in Gedanken vagabundieren. Sie schob mir die Beine auseinander und rieb sich auf mir. Ich versuchte mich zu weigern, da kniff sie mich heftig, und ich wagte nicht zu schreien, weil die Tante im Bett gegenüber lag.

Ein paar Tage nach meiner Ankunft kam meine Mutter zu Besuch. Neuigkeiten reisen immer schnell, sie wußte schon, was mir passiert war, und vor allem auch, warum: Der Rektor wollte mich heiraten, und als seine erste Frau das erfuhr, schmiß sie mich kurz entschlossen hinaus.

Das war doch nicht möglich. Der Rektor mich heiraten? Ich war kaum zwölf Jahre alt. Innerer Monolog war die einzige wirkliche Kommunikation, die ich gefunden hatte. All die Energie, die ich in mir brodeln fühlte, alle Ideen, über die ich gern mit jemand gesprochen hätte, die ständige Lust, zu tanzen bis zur Trance, all das staute ich in mir auf, und ich erstickte fast daran.

In Thierno Alassane Bâ, einem der Toucouleur-Mitbewohner, fand ich jemand, der mir den Koran auf andere Weise nahebrachte als mit der blinden Methode, die man sonst anwandte. Wenn ich nicht für die Schule lernte, floh ich mit dem Koran weit weg von all den anderen Hausbewohnern, die gleichzeitig in mehreren Sprachen redeten und gewiß alle das gleiche sagten.

Alle diese Leute hatten ihre Dörfer verlassen, um in der Stadt zu arbeiten, und kannten doch nichts anderes als Feldarbeit und ein paar Verse aus dem Koran. Die Männer waren alleine hier und hatten ihre Frauen daheim gelassen, im Norden des Senegal.

Sie wollten hier Geld verdienen, aber nur einer war Mieter, nur einer hatte eine Arbeit gefunden. Alle anderen waren Vettern oder Schwager der Schwägerin oder Halbbrüder. Sie blieben im Haus, tranken Tee und warteten auf ich weiß nicht was.

Bei ihnen entdeckte ich das Geschlecht des Mannes. Ein großer Toucouleur, schön wie die Riesen, die früher von den Sklavenjägern eingefangen wurden, streckte sich immer am Nachmittag im Hof aus, wenn die Sonne auf die andere Seite glitt. Mit einem Arm stützte er sich auf ein Polster, und er legte sich immer so hin, daß sein Glied aus dem Schlitz seiner Pluderhose herausschaute, freimütig allen Blicken dargeboten. Auch meinem. Zu Anfang belustigte mich das bloß; später weckte es in mir den starken Wunsch, es ganz zu sehen, es zu berühren.

Das Ende des Schuljahrs kam, die Verteilung der Preise, Auszeichnungen, Glückwünsche.

Warum gab man manchen Schülern Preise und anderen nicht? Warum drückte man diejenigen noch mehr nieder, die ohnehin nicht viel Erfolg hatten? All diejenigen, die das ganze Schuljahr lang jeden Tag bei Hitze und Wind zehn Kilometer weit zu Fuß gelaufen waren, und manchmal noch mehr, nur um in die Schule gehen zu können? Warum riß man einen Graben auf zwischen Schülern im gleichen Alter, mit gleichen Zielen, schuf schon jetzt Unterschiede, aus denen Komplexe entstanden, die ein ganzes Leben zerstören konnten?

Der Unterricht war zu Ende, und ich verbrachte die paar Tage bis zur Abschlußfeier bei der Mutter. Die Nichte, die mir die Mutter weggenommen hatte, war noch immer bei ihr, und als ich einmal so tat, als ob ich mit ihr spielen würde, verbrannte ich mir das Bein, als ich rückwärts gehend an einen glühenden Backtopf auf einem Kochfeuer stieß. Ich spürte den Geruch von versengter Haut mehr als die Brandwunde selbst, ein Medaillon aus offenem Fleisch dicht über der Fersensehne. Die Wunde eiterte gleich, und ich litt, bis die Mutter mich dazu brachte, den Verband aus der Ambulanzstation wegzulassen und statt dessen ihre Salbe aus Erdnußöl und dem Pulver von verbrannten Erdnußschalen darauf zu streichen.

Bei der Abschlußfeier war ich alleine wie gewohnt. Ich wollte auf gar keinen Fall das traditionelle lange Gewand tragen, um die Wunde zu verbergen; ich wollte mein kurzes, europäisches Kleid mit den Falten und dem gräßlichen Gürtel, der mir in die Seiten schnitt.

Nach der Abschiedsrede auf das verflossene Schuljahr begann die Preisverleihung. Es waren sehr viele Leute da; alle Lehrer und die Eltern all dieser Schüler, die sich voll Angst fragten, ob sie wohl auch eine Auszeichnung erhalten würden, welche die Eltern mit Stolz und Zufriedenheit erfüllte. Die Eltern waren, in ihre schönsten Gewänder gekleidet, zu Fuß, mit Pferdewagen und Autos gekommen. Zu der Menge gehörten auch all die vielen, die immer nur kommen, um die Menge zu sehen.

Ich wußte, daß ich in diesem Jahr alle ersten Preise für meine Klasse bekam. Als ich zum Ehrenpreis für »Fleiß, Betragen und Aufmerksamkeit« aufgerufen wurde, brach der Beifall los, als ob er hinter den Sitzreihen und den Leuten versteckt gewesen sei. Ich stand auf, und alle Blicke richteten sich auf mich. Bewunderung, Verachtung, Eifersucht und Neid waren darin zu lesen, ich spürte es beinahe körperlich. Ich war verlegen, weil der weiße Verband an meinem mageren, schwarzen Bein so auffiel und weil ich nicht wußte, wie ich den langen Weg zwischen den Sitzreihen bis zur

Tribüne hinter mich bringen sollte, wo der Gouverneur persönlich - der erste schwarze, senegalesische Gouverneur unserer Provinz - in dunklem Anzug und Krawatte eindrucksvoll wie ein großer Häuptling dastand und die Preise selbst verteilte. Ich empfand in diesem Augenblick keinen Stolz, alle Gefühle schienen mir völlig abhanden gekommen zu sein in diesem in Einsamkeit verbrachten Schuljahr. Außerdem hegte ich den Verdacht, daß man mich nur benutzte, um die anderen zu enttäuschen.

Ein Ehrenpreis hätte doch genügt. Warum mußte ich ein paarmal hinauf auf die Tribüne, um »die Früchte der Arbeit« abzuholen? Weder meine Mutter noch mein Vater saßen da unten im bildungstrunkenen Publikum. Wie sollte ich all diese dicken Bücher heimschleppen? Zum Schluß der Feier jubilierten die einen, und die anderen weinten. Ich kannte keine bitteren Tränen mehr, seit die Mutter das Familienhaus verlassen hatte, und keine spontane Freude, seit ich ein Jahr danach zu ihr gebracht worden war.

Ich verschenkte einen Teil der Bücher an Mitschüler, die keinen Preis bekommen hatten; erst mit anderen geteilt bekam er für mich selbst einen Wert.

Am gleichen Nachmittag packte ich meine Sachen und fuhr ins Dorf der Mutter. Im Dorf sprach ich nur französisch mit den anderen Mädchen und Jungen, die ebenfalls zur Schule gingen, grüßte alle Leute nur mit »Bonsoir«, da ich ja gelernt hatte, daß das auch »Auf Wiedersehen« oder »Gute Nacht« bedeuten konnte. Ich glaubte, ein Mittel zur Selbstbestätigung gefunden zu haben, indem ich mich wie eine »Toubab«, eine weiße Dame, benahm.

Immer Modezeitschriften aus Paris, die es gebraucht auf dem Markt zu kaufen gab; demonstrative Rundgänge durch das Dorf in Schuhen mit hohen Absätzen, in denen mir die

Füße brannten und ich nicht graziös laufen konnte, der Unterrock schaute mit Absicht unter dem Rock hervor. Die Haare bekamen eine Dauer-Entkräuselung, dazu kopierte europäische Frisuren, die unsere Gesichter verfälschen; ferner Nagellack so rot wie Blut, das mir von den Fingern tropfte.

Oh Gott, wieviel Kraft es kostete, mehr als bloß »ähnlich« zu sein, sich umzuformen.

Und ich begann, meine Umgebung, in der ich mich so allein fühlte, als Hindernis für meine Ziele zu empfinden. Ich träumte davon, später einmal ein Haus mit einem offenen Kamin zu haben, wie in den französischen Zeitschriften.

Einen Teil der Schulferien verbrachte ich in der Hauptstadt bei meinem Bruder. Als ich geboren wurde, lebte er schon nicht mehr daheim. Wir haben niemals wie Geschwister im gleichen Raum geschlafen oder aus der gleichen Schüssel gegessen. Die seltenen Male, die ich ihn bei der Mutter antraf, aß er für sich alleine und bekam einen Löffel. Hat er mich auf dem Arm herumgetragen, als ich noch ganz klein war? Ich habe nie mit ihm gespielt, ihn niemals lächeln sehen, auch nie mit ihm gesprochen, bis auf eine schüchterne, beinahe gehauchte Begrüßung.

Er war mit einer hübschen Frau aus dem Norden verheiratet, wo die koloniale Besetzung begonnen hatte. Damals holte die neue Generation der europäisierten Senegalesen sich ihre Ehefrauen gerne im Norden unter den Mädchen, die ebenfalls europäische Manieren und Lebensart angenommen hatten. Der Bruder wohnte mit seiner Familie im dritten Stock eines Hauses mitten im Stadtzentrum. Es war das erste Mal, daß ich mich so hoch über dem Boden befand. Es war ein kalter Ort, überall mit kalten Fliesen ausgelegt. Oh, der warme, weiche Sand, Sand und Erdboden, die allein den Menschen tragen können! Nur der Sand brachte dieses Wohlbehagen. Ich fror während der ganzen Zeit beim Bruder. Im Herzen, in der Seele, unter diesen Menschen.

Er und seine Frau lebten wie Europäer. Sie setzten sich zum Essen an einen Tisch, was mich verlegen machte, denn ich hatte noch nie an einem Tisch gegessen. Ich wartete, bis sie fertig waren, und ging dann in die Küche und verschlang ein Stück Fleisch, Kartoffeln, Salat.

Diese kalte Küche mit ihren kalten Fliesen, ihrem kalten Eisschrank. Wo war das süße, saubere Wasser im Tonkrug? Das Baby wurde im Bad gewaschen, saß beim Essen in einem hohen Stuhl mit ihnen am Tisch. Im Dorf war das alles ganz anders! Da wurde das Kind den ganzen Tag bei allen Verrichtungen von seiner Mutter mit herumgetragen. Am Abend saßen mein Bruder und seine Frau im Wohnzimmer und lasen und wechselten hin und wieder ein paar Worte. Sie besaßen einen ganzen Bücherschrank voll europäischer Literatur. Ich versuchte, »Die Göttliche Komödie« zu lesen. Und das Telefon faszinierte mich. Diese Wohnung übertraf meine Vorstellungskraft. Und daheim im Dorf galt ich als »Toubab«!

Samstag nachmittags oder sonntags, an den vom Arbeitsrhythmus Europas bestimmten Feiertagen, gingen der Bruder und die Schwägerin zum Picknick in einen großen, eingezäunten Park, wo man Eintritt bezahlen mußte und in dem Tiere gefangengehalten wurden.

Der Bruder fotografierte seine kleine Familie neben einem blühenden Busch. Die ersten Schritte des Kindes, seine Frau zu Beginn der Schwangerschaft und auch mich mit meinen schlecht entkräuselten Haaren, dem in der

Taille zusammengezogenen Kleid, den Plastiksandalen und meiner Schüchternheit. Ich hatte dem Bruder noch nie in die Augen geschaut.

Europäisiert zu sein schien auf einmal nicht mehr so einfach. Dazu gehörte nicht nur die Französische Schule, sondern eine ganz andere Lebensweise. Ich fand es anstrengend, aber das hinderte mich nicht daran, es doch zu wollen und bis zur Art des Gehens alle Manieren zu übernehmen.

Mein Bruder hatte weiße Nachbarn; damals begannen Weiße und Senegalesen in den gleichen Häusern zu wohnen, aber man blieb doch auf Distanz. Ich verbrachte Stunden damit, die Nachbarn heimlich zu beobachten. Ich begriff nicht, warum sie in der Wohnung nur in Unterhosen herumliefen und sich sogar so zum Essen setzten. Warum machten der Bruder und die Schwägerin, die doch so europäisiert waren, das nicht auch so?

Schwarze und weiße Europäisierte wohnten im dritten Stock dieses kalten Hauses mit den sechzig kalten Treppenstufen. In meinem Kopf geriet alles durcheinander.

Der Bruder brachte mir aus der Bibliothek des Französischen Kulturzentrums Bücher mit. Ich las »Die drei Musketiere« und wollte daraus Patriotismus und heroischen Geist schöpfen, der mich anregen konnte. Außerdem verschlang ich in den Zeitschriften alle Geschichten über Europäer.

Die Ferien beim Bruder gingen zu Ende. Er kaufte mir einen Koffer, den ersten, den ich je besaß.

Nun wäre ich gerüstet gewesen, bei Europa richtig in die Lehre zu gehen. Aber wie war das im Dorf möglich? Welche Tragödie! Im Dorf mußte ich das Wasser am Brunnen holen, auf dem Erdboden leben, gemeinsam mit den anderen und mit der Hand aus einer Schüssel essen.

Ich sagte mir, daß ich nicht immer im Dorf bleiben, sondern weiter in die Schule gehen und eines Tages weit fort reisen würde, bis ins Land des Schnees und der Tannen. Gelobt sei Gott der Größte!

Ein weiteres Schuljahr verstrich, zerfloß wie der Saft über dem heißen Couscous, den es abends gab. Die alten Fragen, die gleichen Sehnsüchte. Es war so schwer, seinen Platz zu finden. Ich nahm zwei unvereinbare Wirklichkeiten in mich auf. Denn im Grunde meines Herzens verfolgte mich die Sehnsucht nach einer Bindung. Zerrissen! Die spitzen Absätze im warmen Sand, in dem ich bis zu den Knöcheln einsank; die Haare entkräuselt, bis sie beinahe verbrannt waren, und mit Fett eingeschmiert, das in der Hitze herunterlief; beim Gehen den Po zusammenkneifen. Und manchmal die Lust, mich gehenzulassen wie die Dorffrauen, mit ihrer Anmut, die ich gleichzeitig schätzte und ablehnte.

Ich lernte französische Chansons auswendig und wollte ihnen nachleben. Der Graben wurde immer tiefer, verzweifelt. Afrika lockte mich durch seine Lebendigkeit, seine poetischen Augenblicke, seine Riten. Aber ich blieb bei den Werten, welche die Kolonisation gebracht hatte. Ich konnte nicht mehr umkehren, nicht einmal mehr einen Blick zurückwerfen.

Manchmal versuchte die Mutter, mich wiederzugewinnen, aber ich verweigerte mich. Ich konnte gefühlsbedingte Hilfe, die nur zu Kompromissen führte, nicht annehmen, das war mir zu wenig. In meine Phantastereien versponnen, nutzte ich meine europäischen Maßstäbe, um die Mutter abzulehnen.

Meinen Lerneifer hatte ich etwas gebremst; ich fand, es sei nicht notwendig, Preise zu ergattern, wenn sich außer mir niemand dafür interessierte. Seitdem fühlte ich andere Schwingungen in mir vibrieren.

In diesem Jahr trennte der Bruder in Dakar sich aus gesundheitlichen Gründen von seiner Frau. Ich erfuhr das, weil ich die Ohren spitzte, denn wie üblich erzählte man mir nichts. Kurz danach wurde für mich ein Schulwechsel vorbereitet, und im nächsten Schuljahr war ich für den Haushalt meines Bruders verantwortlich.

Die Stadt lernte ich vom Balkon im dritten Stock aus kennen, wo ich die Dinge und die Leute von oben betrachtete. Wie oft flog meine Phantasie zum Himmel davon!

Die Leute in den Straßen waren europäisch gekleidet; Weiße führten ihre Hunde aus; an der Ecke gab es ein Tanagana, wo die Arbeiter früh am Morgen auf dem Weg zur Arbeit oder auch auf dem Heimweg einen Becher Quinquéliba-Tee tranken, der die Herzen und den Magen erwärmt. Sie mußten für diesen Tee bezahlen, der im Dorf einfach der Busch selbst war. Ich konnte das nicht begreifen.

Das Land hatte vor kurzem seine Unabhängigkeit erhalten. Die älteren Brüder und die Onkel, die am politischen Kampf für die Unabhängigkeit teilgenommen hatten, waren entweder Anhänger eines Kompromisses mit dem Kolonisator oder von den Ideologien des Ostens verführt, die nicht gerade zu den Traditionen des Senegal paßten. Im großen und ganzen enttäuschte die Unabhängigkeit viele Hoffnungen. Sie brachte nicht die Rettung, keinen neuen Atem für dieses Afrika, das so gewaltige Umwälzungen, ungezählte Raubzüge und Massaker an schwarzen Menschen durchgemacht hatte. Wir lebten nur auf fremdartige Weise weiter, ohne recht zu wissen, wer und was wir waren.

Wir waren eine traditionelle muslimische Familie gewesen. Der Vater, weltliches und geistliches Familienoberhaupt, hatte sich aus Freundschaft für einen großen Mann im Ndukumane niedergelassen. Sie schworen einander, sich niemals zu verlassen, und der Pakt wurde eines Abends unterzeichnet, zur Stunde der Dämmerung, wenn die Geister Wache halten. Gemeinsam widmeten sie sich der Suche nach dem Wissen, der Vision, in den Tugenden des Islam, in der Quelle des Wissens, dem Koran.

Wir waren eine umgesiedelte Familie. Und eine Umsiedlung bedeutet immer auch eine Störung der Tradition, der alten Zivilisation und aller Strukturen. Vieles, was sonst durch die Generationen übertragen wurde, ging durch die Umstellung verloren.

Der Vater war für uns nicht mehr die Allgegenwart im Netz kindlicher Gefühle, das uns einband, uns unsere Rolle gab und uns in die Umgebung einfügte. Er war nicht mehr der einzige Anhaltspunkt.

Die traditionelle Erziehung verhedderte sich. Zu Anfang waren nur die Söhne der Häuptlinge in die Französische Schule gegangen, dann die Kinder in Saint-Louis, Rufisque, Dakar und Gorée, die als französische Staatsbürger galten.

Im fernen Ndukumane, wo es kein Meer gab, nur Sonne, Sand und Baobabs ... als an den Nachmittagen wie in einer Stierkampfarena die Hitze vom Boden aufstieg und die Lebenden sich tollkühn der Sonne entgegenstürzten, als die Blicke der Frauen zu Messern wurden, als die Schreie der Haustiere die Welt priesen, als die Unsichtbaren die Menschen angriffen, da blieb das koloniale Abenteuer zunächst aus. Aber als im Dorf eine französische Schule eröffnet wurde, war die Versuchung so groß wie überall. Nur die stark verwurzelten muslimischen Familien hielten stand und boykottierten diese kolonialistische Einrichtung. Und eine ganze von der Französischen Schule geformte Generation wurde einsam inmitten ihrer traditionellen Familie.

Nach einer Weile kam ich ganz gut zurecht mit meinen neuen Pflichten als Hausfrau. Der Bruder sprach jedoch kaum mit mir darüber, wir verständigten uns eher mit Andeutungen. Ich mußte mich vor allem um die Kinder kümmern. Die Älteste ging in einen Kindergarten, in dem es auch kleine Weiße gab, und kleine Schwarze, die kleine Weiße spielten. Ich war stolz, eine kleine Nichte zu haben, die die kleine Weiße spielte.

In der Schule entdeckte ich, daß die Mädchen neue Instinkte erworben hatten, die durch die neue Lage entstanden waren. Die neokolonialen Mädchen schauten mit Sorglosigkeit in die Zukunft.

Dabei bereitete diese Generation sich selbst eine unerwartete Enttäuschung vor: Sie erlebte die Versessenheit des schwarzen Mannes auf authentische Frauen, auf Mädchen vom Land, wie man sie auf Postkarten sieht, Frauen, die niemals auf die europäische Zivilisation reagiert hatten, weil sie nie damit in Berührung gekommen waren. Solche Frauen rührten den Mann aus Babylon, aus dem Exil, weil in seinem Unterbewußtsein Sexualität, Heimweh und Sehnsucht nach der Mutter zusammentrafen. Diese Frauen hatten noch gelernt, zu warten.

In diesem Jahr, das ich beim Bruder verbrachte, erwachte in mir die Sinnlichkeit. Ich spürte in mir das, was ich später als Begierde erkannte. Das Leben berauschte mich, und ich fühlte mich immer mehr als Frau. Ich hatte das Alter erreicht, in dem der frühreife Körper aufblüht, die Sinne sich erotisieren. Den Männern meines Landes sind die Frauen in diesem Alter am liebsten: frisch, robust. Ich wurde mir eines Brodelns in mir bewußt.

Im gleichen Jahr entdeckte ich die Trauer der Mutter. Einer meiner Brüder starb im Ausland.

Ich kam aus der Schule heim und beschäftigte mich wie gewohnt in der Küche mit der Vorbereitung des Abendessens. Irgend etwas lag in der Luft. Niemand sagte mir etwas davon, warum wurde ich ausgeschlossen? Ich versorgte diesen Haushalt, mußte alles allein entscheiden. Irgend etwas Ernstes mußte geschehen sein, und ich wurde nicht informiert. War das eine Frage des Alters? Dabei sagte man mir, ich sei reifer als meine älteren Geschwister.

Vielleicht war der Vater gestorben? Oh, wenn der Vater tot war, dann würde ich irgend etwas Schlimmes, Unglaubliches tun, um das Unglück vollzumachen.

Ich servierte das Essen, brachte die Kinder zu Bett, räumte die Küche auf und setzte mich hin, um meine Hausaufgaben zu machen, aber das Herz war nicht dabei. Der Abend verlief in Schweigen.

Gegen zweiundzwanzig Uhr traf die Mutter mit dem Zug aus dem Dorf ein. Die Reise hatte nur einen Grund: sie wollte die Ihren besuchen. Sie war liebenswürdig wie immer, großzügig mit Gefälligkeiten und Geschenken. Sie fand uns betrübt wie Hungrige vor und verstand nicht, was mit uns los war. Es war spät, und wir gingen gleich schlafen.

Am nächsten Tag war kein Unterricht. Ich machte das Frühstück und wollte gerade auf den Markt gehen, als ich, schon unter der Tür, die Mutter aufschreien hörte, als ob man vor ihren Augen einem ihrer Kinder den Hals durchschneiden würde.

Dieser Schrei ließ mir die Seele gefrieren. Der Bruder hatte ihr den Tod eines Sohnes mitgeteilt. Er hatte vor einigen Jahren seinen Militärdienst in einem Nachbarland abgeleistet, war dann nach einem Streik in einem anderen Land untergekommen, und seitdem hatten wir keine Nachricht mehr von ihm erhalten.

Damals war die Mutter zu einem Hellseher gegangen; er verbrachte die Nacht mit meinem verschwundenen Bruder, und am nächsten Morgen erklärte er der Mutter ohne Umschweife, daß sie ihren Sohn in dieser Welt nicht wiedersehen würde. Sie hatte lange geweint und sich dann gesagt, daß dieser Hellseher sein Handwerk nicht verstand; sie war im stillen wütend auf ihn und war doch verunsichert. Dann ging sie der Reihe nach zu allen anderen Hellsehern; jeder suchte ihren Sohn auf andere Weise im Kosmos, jeder versprach ihr, ihn wieder heimzuholen, und die Mutter verlor dafür ihren Schmuck, ihre Gewänder. Aber die Todesnachricht war die einzige wahre Nachricht, die sie über ihn erhielt.

Die Trauer der Mutter war tief. Weil ich ihr nicht nahe genug stand, um mit ihr zu weinen, flüchtete ich mich ins Treppenhaus, um dort ungestört zu weinen, den Einkaufskorb im Arm. Ich mußte auf den Markt gehen, während die Mutter in Agonie zu liegen schien.

Es war so weit gekommen, daß ich nicht mehr in der Familie weinen konnte, und erst recht nicht lachen. Die Familie!

Denselben Vater, dieselbe Mutter haben wie der Tote und seinen Tod im kalten Treppenhaus beweinen, in diesem Haus, wo lauter Libanesen und Syrier wohnten, deren Düfte nach Zuckerwerk, heißem Olivenöl und Knoblauch einem die Sympathie austrieben.

Warum die Tränen unterdrücken, um einkaufen zu gehen?

Die Besorgungen wurden mit den üblichen kleinen Feilschereien erledigt. Ich mußte kochen, die Kinder versorgen, diese Symbole des Lebens, die nun mit dem Tod in Berührung gekommen waren, ich mußte die Trauergäste empfangen, die kamen, um ihr Beileid auszudrücken. Ich zeigte diese allzu gelassene Ruhe, die Leiden oder Einsamkeit verrät.

Ich träumte von der Liebe wie alle Mädchen in meinem Alter, in dem man die anderen braucht, um sich selbst zu erkennen; ich träumte von einem Bruder, einem Vater, einer Schwester, von meiner Mutter.

Ich wollte mich gehenlassen, diese sehr starken Gefühle erleben, die nur aus sehr starken Beziehungen entstehen. Ich war sechzehn Jahre alt, und ich wollte sterben.

Das nächste Schuljahr verlor ich. Ich las nur noch französische Illustrierte, tapezierte die Wände mit Modefotos daraus, wollte mich nur noch genauso anziehen, quälte mich und versackte.

In jenem Jahr fand in Dakar das Erste Weltfestival der Afrikanischen Kunst statt, ein riesiges Fest zu Ehren unserer kulturellen Wurzeln. Afrika brauchte eine gefühlsbetonte Saga. Was vom Schwarzen noch übrig war, wurde zur Unterhaltung in einem Schauspiel zwischen Sieger und Besiegtem ausgebreitet. Naives Überleben ohne Groll; man suchte sich, aber man wußte, daß man das Heilige aufgegeben hatte. Der Kolonialismus hatte den Schwarzen seinen Träumen entrissen und ihn dadurch zum Abfall gemacht. Das fand in dieser weltweiten Veranstaltung seine Absegnung.

Was der Schwarze ertragen hatte, konnte mit solch einer Zurschaustellung nicht aufgewogen werden. Er mußte sich unter den Palaver-Baum setzen können, im Überschwang der Abendröte, in den geheimnisvollen Nächten sein Herz ausschütten und mit dem Atem der Vorfahren das Ausmaß der Verirrung wiederfinden.

Aber der schwarze Mensch des Festivals war ein Mensch ohne Groll, der Mensch der Feste: »Sie haben uns nichts weggenommen. Die Kultur und die Kunst der Vorfahren ist uns geblieben, und die der Diaspora.«

Aber die Teilnahme der Diaspora, der Schwarzen aus den beiden Amerikas, der Karibik und anderswo, rührte und regte uns an. Vom ersten Wiedersehen überwältigt, ergoß sie sich über den Kontinent ihres Ursprunges. Mutter Afrika trug Trauer um den Vater und machte sich vor der Familie zum Schauspiel ... Dann ging sie von neuem ins Exil und konnte beruhigt sein; sie hatte die Unterstützung der jungen Generation. Babylon, das würde das große Fest sein. Die Botschaft wurde verstanden.

Das verlorene Schuljahr, das Bedürfnis, mich auszutoben, das dumpfe Schreien in den Eingeweiden, zu alldem hatte der Bruder nichts zu sagen.

Ich ging nur am Tag aus. Abends schlossen wir uns früh ein. Die neokolonialen Senegalesen gingen mit den Hühnern schlafen. Jeden Abend legte ich mich voll Zorn hin: Ich war nicht müde. Ich war siebzehn Jahre alt und wie eine reife Sudan-Mangofrucht. Was sollte ich mit diesem Jahr anfangen? Keine Schule mehr?

Ein anderer Bruder kam und zog mich wieder an Land, zum zweiten Mal. Das erste Mal war es gewesen, als ich auch ein Schuljahr verloren hatte. Ich habe nie vergessen, wie der Zug uns durch die Nacht davontrug; er war so schnell und ich so hungrig. Dieser Bruder war damals noch Junggeselle und konnte mich nicht bei sich behalten; ich war erst sieben Jahre alt gewesen. Am Morgen nach unserer Ankunft brachte er mich zu einer Schwester, die ich noch nicht kannte. Ihre Mutter war die dritte Frau meines Vaters gewesen, aber schon vor meiner Geburt verstoßen worden, und ich wußte nichts von ihr und dieser Schwester, die sich bereit erklärt hatte, mich aufzunehmen.

Sie war die zweite Frau eines Mannes, der vier legitime Frauen hatte. Es war eine riesige Familie; alle wohnten zusammen, die Frauen, die Kinder, die Neffen, die Schwester des Mannes. Ich tauchte dort auf wie vom Himmel gefallen. Noch eine neue Episode.

Die vier Frauen waren auf den Tod eifersüchtig aufeinander. Sie zankten sich wegen jeder Kleinigkeit, sobald der Mann nicht da war, wetteiferten darin, welche sich ihm am meisten unterwarf. Wenn er abends nach Hause kam, banden sie ihre Kopftücher neu und wischten sich das Gesicht mit einem Zipfel des Gewandes ab; dabei kam manchmal für einen Augenblick ein roter Gris-Gris zum Vorschein, der das Bein oben umschloß, ein Talisman, aber auch ein erotisches Signal. Dieses immer versteckte Knie, das sich eine Sekunde entblößte – ein Augenblick, der für die Andeutung genügte.

Die Frauen knieten vor dem Mann nieder, um ihn zu begrüßen. Auch die Kinder begrüßten ihn, aber nur die kleinen Mädchen machten einen Knicks. Reihum bekam jede Frau vier Tage, an denen sie kochte, mit dem Mann schlief, ihn mit tausend Aufmerksamkeiten umgab. Abends massierte sie ihm die Füße, vor ihm kauernd mit geneigtem Kopf, wie eine Dienerin.

Ihre Zurückhaltung und Unterwürfigkeit stand im Gegensatz zu all den erotischen Andeutungen, die sie einsetzte: Schmeicheleien, Gongo, ein Stückchen nacktes Bein, das leise Klirren der Perlenkette um die Lenden bei jeder Bewegung. Durch tausend Kleinigkeiten lud sie ihn ein. Außerdem überschlug jede Frau sich, um sich bei den Schwiegereltern und vor allem bei den Schwägerinnen einzuschmeicheln, die erheblichen Einfluß auf den Bruder ausübten.

Meine Halbschwester hatte eine Tochter im gleichen Alter wie ich und gab sich Mühe, uns beide zu arbeitsamen und unterwürfigen Frauen zu erziehen, wie sie selbst eine war. »Wenn ihr einmal verheiratet seid, machen eure Schwägerinnen sich dann auch nicht über euch lustig, und euer Mann behält euch.«

Morgens standen wir beim ersten Hahnenschrei auf, meine Nichte, zwei andere Mädchen, die bei der ersten Frau lebten, und ich. Wir mußten den großen Hof fegen, durften dabei keinen Strohhalm übersehen und mußten den Besen genauso halten, wie die Schwester es vorschrieb.

Wenn sie an der Reihe war, zu kochen und den Mann zu versorgen, mußten wir anschließend das Frühstück heiß machen, das meine Schwester schon am Vorabend vorbereitet hatte, und es den Erwachsenen servieren. Meistens gab es ein Ragout aus Fleisch oder Fisch und dazu Quinquéliba-

Tee. Der Mann aß für sich alleine; seine Frauen, die anderen Erwachsenen im Haushalt und die ganz kleinen Kinder aßen alle zusammen. Unterdessen mußten wir das Zimmer der Schwester aufräumen, in dem auch wir schliefen. Der Mann hatte seine eigenen Zimmer, wo die Frauen der Reihe nach bei ihm schliefen.

Wir fegten, machten die Betten, trugen die Decken zum Lüften hinaus, falteten alles zusammen, was herumlag. Es kam nicht in Frage, schlampig zu arbeiten; die Schwester hatte uns die richtige Methode beigebracht, und daran hatten wir uns zu halten. Energisches Zugreifen gehörte dazu, und davon war bei uns kein Mangel.

Unser Frühstück bestand aus dem, was die Erwachsenen uns übrigließen, manchmal war das gar nichts. Wir mußten auch noch das Geschirr abwaschen, ehe wir in die Schule gingen.

Unsere Schule lag beinahe dem Haus gegenüber, aber ehe ich zum Unterricht hinüberlief, mußte ich noch eine Aufgabe erledigen: das jüngste Kind meiner Halbschwester für den Tag zu seiner Großmutter bringen. Und die wohnte über einen Kilometer weit weg.

Es war damals Tradition, daß die Großmutter das Jüngste hütete. Es gab keine innigere Beziehung, keine herzlichere Zuflucht: Der Enkel wurde wie zum Gatten der Großmutter, die Enkelin Gattin des Großvaters. Die Sinnlichkeit war unbewußt das Band der Beziehung. Düfte, Aufmerksamkeiten, Einverständnis, diese ganze Saga der zärtlichen Bindungen wird später von Mann und Frau gesucht, dem Paar in einer vollzogenen Sexualität. Das waren intensive Erlebnisse. Bei den Großeltern hatte das Kind niemals Hunger, niemals Durst. Hier war sein sicherer Ruhepunkt, sein Trost. Der Anfang und das Ende des Lebens begegneten sich und sponnen die wesentlichen Gefühle der menschlichen Kultur.

Wenn ich das Kind bei der Großmutter abgeliefert hatte, rannte ich zurück, so schnell ich nur konnte, damit ich nicht zu spät kam. Im Unterricht kam ich sehr gut mit, ich war immer die Erste, aber das interessierte meine Schwester nicht, ihr war nur wichtig, daß ich in meiner Lehrzeit als Frau die Erste war, so wie sie. Es gab fließendes Wasser im Haus, aber sie verlangte, daß ich das Wasser am Brunnen im Hof schöpfte. Eines Tages riß mich das Gewicht des ledernen Wassersacks bis zur Winde hinauf. Ich hielt mich am Seil angeklammert, und meine Füße baumelten über dem mindestens dreißig Meter tiefen Abgrund.

Ich wurde gerettet, aber niemand machte Aufheben von dem Zwischenfall. Ich wagte nicht zu zittern, meine Erziehung verbot jede Form von Angst. Das Heilige im Alltäglichen erhalten ... Alle diese Hausarbeiten in der Lehrzeit des Lebens machten einen anderen Menschen aus mir.

Der Rauch des Holzfeuers brannte mir in den Augen, mein Blick schaute gespannter in die Flammen, meine Haut gewöhnte sich an das Feuer, bekam in Licht und Hitze eine tiefere Farbe. Ich dachte nicht mehr wie vorher an die Abreise der Mutter, an die Französische Schule; ich war in Initiation.

Wir hatten den gefürchtetsten Lehrer der Schule: Eines Morgens kam er in die Klasse und fragte, wer von uns sein Messer schleifen und sich dann von ihm die Kehle aufschlitzen lassen wolle.

Ich weiß nicht, ob ich sterben wollte oder sicher war, daß er mich nicht umbringen würde, jedenfalls hob ich die Hand, als ich alle meine Klassenkameraden erschreckt sah. Vielleicht hatte ich schon gelernt, daß nicht die Geburt und das Leben im menschlichen Kreislauf das Wichtigste sind, sondern sterben.

Auf den Steinstufen der Treppe, die zu den Klassenzimmern führte, wetzte ich das Messer, ein kleines Messer mit schmaler Klinge und Holzgriff. Der Rektor kam aus seinem Büro an mir vorbei und gab mir eine schallende Ohrfeige, die mich umwarf. Ich sprang sofort auf, sonst hätte mich ein Fußtritt mitten ins Gesicht schon auf die Beine gebracht.

»Was machst du da?« fragte er.

»Ich muß dem Herrn Lehrer das Messer schleifen, damit er mich dann damit umbringt«, sagte ich unsicher.

»Gut«, sagte er und ging weiter.

Ich wich verstohlen aus, ich fürchtete mich vor einer zweiten Ohrfeige. Dann arbeitete ich weiter. Was war nur mit all diesen Leuten los? Mit der Schwester, dem Bruder, dem Rektor, dem Lehrer und diesem Mädchen in meiner Klasse, das vom ersten Tag an ständig Streit mit mir suchte.

Der Rektor war aus Unzufriedenheit gewalttätig und bösartig geworden. Er gehörte zu der ersten Generation von schwarzen Lehrern, die noch unter der französischen Kolonialherrschaft Wehrdienst leisten und für Frankreich in den Krieg ziehen mußten; sie waren alle enttäuscht zurückgekommen. Das streitsüchtige Mädchen rivalisierte mit mir, obwohl ich niemand herausforderte; ich wollte eher mit allen gut stehen.

Das Messer war jetzt scharf. Ich ging zurück in die Klasse, in der Friedhofsstille herrschte. Der Lehrer ging auf und ab, die Hände auf dem Rücken, in der Herrscherpose der Kolonialisten.

Ich wagte nicht, mich bemerkbar zu machen; als er mich schließlich sah, dröhnte meine arme Backe unter einer gewiß geplanten Ohrfeige. Warum? Weil ich Angst zeigte? Ich trotzte ihm also! Oder war ich der Sündenbock für seine dumpfe Wut?

»Dableiben!« befahl er.

Er griff nach einem Riemen, den er aus einem großen Autoreifen geschnitten hatte und für seine Orgien von Gewalttätigkeit an träumerischen Kindern mit zarter Haut und zerbrechlichen Knochen benutzte.

»Zieht euch aus!« schrie er. Er kochte.

Etwa vierzig Buben und Mädchen standen halbnackt da, nur in den Unterhöschen, bebten vor Angst, und ihre Brustwarzen sahen aus wie Augen. Brustkörbe mit hervorstehenden Rippen. Entwürfe für Menschen.

Wie konnte der Lehrer es wagen, diese zarte Haut anzurühren? Er schlug sie alle blutig, um seinen Sadismus zu befriedigen. Was für ein Lehrer! Diese erste Lehrergeneration aus der Kolonialzeit hielt sich für etwas ganz Besonderes. Lehrer war der erste Beruf, den Schwarze ergreifen durften: die Kolonialsprache lehren, die koloniale Poesie, den kolonialen Traum. Mit welcher Begeisterung sie das machten!

Dieser Lehrer wandte noch eine Folter an: Der Schüler mußte sich mit übereinandergekreuzten Armen die Ohrläppchen festhalten und dabei in regelmäßigem Rhythmus Kniebeugen machen, runter, rauf, »oumou«, »diodo«, bis er ohnmächtig wurde.

Nur wenige Schüler schafften den Abschluß, gezeichnet von Schlägen, die ein Leben lang schmerzten. Viele, die es überstanden, wuchsen zu einer noch mehr verformten Elite heran.

Gott beschützte mich vor dieser Folter. Ich war die einzige.

Bis zum Ende dieses Schuljahres blieb ich bei meiner Schwester. Mir gefiel damals noch diese Lehre in Frauenarbeit und Gehorsam. Alles hinnehmen – das war das Ziel für Mädchen. Wer die Tugenden der Jungfräulichkeit, der Häuslichkeit, des Gebärens, der Unterwerfung und des Gehorsams ganz angenommen hatte, hatte das Ziel erreicht: Geduld, Demut, Verfügbarkeit. Die Frau als Quelle des Lebens, als Symbol des Fortbestandes, als Zuflucht – mit Eifer bereitete ich mich auf dieses Leben vor. Damals hatte die Zerstörung in mir noch nicht begonnen.

Mit siebzehn Jahren stand ich jetzt also wieder vor einem verlorenen Schuljahr. Der Bruder in Dakar, bei dem ich wohnte, hatte sich wieder verheiratet, und seine neue Frau kümmerte sich um ihn, seine Kinder und den Haushalt. Für mich gab es hier nichts mehr zu tun. Obendrein lebten um diese Zeit auch noch zwei oder drei geschiedene Schwestern bei ihm; wenn eine Frau geschieden wurde, lebte sie bis zum nächsten Ehemann bei ihrem älteren Bruder. Es tat mir sehr leid, daß ich keine Gelegenheit hatte, diese viel älteren Schwestern richtig kennenzulernen; wir haben praktisch nie richtig zusammengelebt, außerdem war ich das einzige Mädchen in der ganzen weitverzweigten Familie, das in die Schule ging. Aber wenn eine Ehefrau unter einem Dach mit ihren Schwägerinnen leben mußte, blieb ich lieber weg;

dann herrschte nämlich ein erbitterter Wettstreit um Einfluß auf den Herrn der Familie.

Der Bruder, der mich schon einmal gerettet hatte, kam wieder und nahm mich zu sich in die kleine Stadt, wo er wohnte. Er meldete mich im Lyzeum an, und ich bekam sogar mein Stipendium wieder, obwohl die Akten dafür auf erstaunlichste Weise auf den verschlungenen Pfaden der Bürokratie herumirrten.

Wir stammten vom selben Vater und derselben Mutter, aber ich merkte bald, daß auch diesmal keine Beziehung zwischen uns entstand. Er hatte sich von seiner Frau getrennt und lebte alleine. Ich ging nie aus. Schule, dann nach Hause. Wenn ich aus der Schule kam, war ich allein; in der Stadt blieb ein Junggeselle nicht daheim.

Nicht weit von uns wohnte ein Mädchen aus der Provinz Casamance. Sie hatte ein wunderbar feines Lächeln, den eigentümlichen Charme der Frauen mit einer Zahnlücke zwischen den beiden Schneidezähnen. Diese Lücke wecke die Sinnlichkeit, sagte man, diese Frauen seien berühmt für ihre tiefe Erotik. Wenn ich mit ihr zusammen war, fühlte ich mich von einer Aura von Sinnlichkeit umgeben. Sie erzählte mir von ihrer Heimat und schenkte mir ein Armband aus Eisen, ein Symbol der Casamance, dem Land der Initiation und heiligen Haine, des Abschiedsgrußes an die Toten, dem Land des Palmenöls, der Wälder und Gewässer. Die Casamance der tausendjährigen Traditionen war die Wiege des Sakralen.

Die Freundschaft mit diesem Mädchen konnte die Leere mit dem Bruder nicht ausfüllen. Warum hat man Brüder und Schwestern, wenn man nicht mit ihnen reden kann?

Ich hatte tausend Dinge zu erzählen, auszutauschen. Liebe, Freundschaft, Zärtlichkeit. Die heftige Einsamkeit hatte mich fürs »Du« offenherzig gemacht. Ich war so allein, wie nur ein Baum allein sein kann.

Im Dorf, vor dem Familienhaus unter dem Baobab, stand ein sehr hoher Obstbaum. Sein Stamm hatte sich etwas geneigt, damit er das dichte Blattwerk mit mehr Anmut tragen konnte. Wie oft habe ich ihn betrachtet, wenn ich frühmorgens die herabgefallenen Früchte aufsammelte. Da stand er und nahm es ganz allein mit dem Baobab auf, mit der Savanne, den Winden, der Sonne und den festlichen Nächten des Ndukumane. Eine einzigartige Einsamkeit.

In mir war soviel Offenherzigkeit, Bereitschaft, Liebe, Wissen; meine Streiche und all das kleine Glück – ich trug es in mir und fand kein Gefäß, in das es sich ergießen konnte. Die Schule war der einzige Ort, an dem ich mit jemand sprach, aber ich hielt doch Distanz zu den Mitschülern, und sie wußten, daß das nicht Hochmut war. Verständigung war nicht möglich mit Wesen, die Familie, Bindungen, eine Kindheit und die Erinnerung daran besaßen.

Ich hatte keine Erinnerungen, ich baute sie mir, eindrückliche Erinnerungen.

Geboren in der Provinz Ndukumane ... Die sonnendurchflutete Kindheit, die massigen, hochgereckten Baobab, die zum Himmel hinauf wilden Beifall klatschten, der tiefe Atem ihrer Wurzeln ... Der Sand des kühlen Morgens und der verhexenden Nächte hat meine Sinne geschärft, die dahinstreichende Brise trug mich zu den Träumen empor, aufleuchtende Augenblicke der Kinderzeit ...

In diese Tiefen tauchte ich hinab, wenn ich mich nach dem Unterricht zu Hause auf der kleinen Couch im leeren Wohnzimmer ausstreckte und in die Phantasie flüchtete.

Das Schuljahr verstrich unausgefüllt und in Sehnsucht, daß endlich einmal irgend etwas passieren würde.

Ich versuchte, mich zu »verlieben«, wie man so sagte. Es war einer von meinen Lehrern. Ich brachte es fertig, ihm das anzudeuten, und weil ich in Englisch zu den Besten der Klasse gehörte, war es nicht schwierig. Er kam mich besuchen, der erste Besuch, den ich beim Bruder bekam. Er benahm sich etwas unsicher, gleichzeitig wie mein Lehrer und wie ein zukünftiger Liebhaber, und versuchte ungeschickt, mich zu umarmen; ich weigerte mich.

Ich entdeckte bald, das war alles nur falscher Schein, und war enttäuscht. Wo blieb das Wesentliche? Die Lust zum Spielen, Reden, Lachen, Weinen überschwemmte mich, und dieser Mann da rührte sich nicht. Kurz entschlossen beendete ich die Beziehung.

Der Bruder verhielt sich noch immer sehr zurückhaltend, zeigte mir immer ein verschlossenes Gesicht. Wenn er mit seinen Kollegen und Freunden zusammen war, war er lokker, lachte und scherzte. War das Leben? Ich wußte: Ich war verurteilt, bis zum Abitur bei ihm zu bleiben. Ideen und Worte verfaulten in mir. Ich lebte von einem Tag zum andern, nur so war es erträglich. Das war eine Maske, denn jeder Mensch braucht ein Morgen, um das Heute zu rechtfertigen.

Die großen Schulferien verbrachte ich wie üblich bei der Mutter im Dorf, wo ich weiter das europäische Mädchen spielte. Ich wusch mich im Hof in einem offenen Verschlag aus geflochtenem Hirsegras und kauerte vor der Waschschüssel auf dem Boden; dabei dachte ich über die europäische Zivilisation nach. Die anderen Mädchen und Burschen in meinem Alter gaben sich mit Leidenschaft dem Leben hin. Sie lehnten mich nicht richtig ab; sie warteten auf mich. Das europäische Halseisen bremste meine Instinkte.

Wenn nachts ein fernes Tam-Tam den Ahnen beben ließ, der unter dem Baobab schlief, konnte ich kaum den Schwung meines Herzens zurückhalten, den die Französische Schule zugedeckt hatte. Welche Lust hatte ich, mich im Sand der lauen Nächte zu wälzen und die Sterne in meiner Herzgrube zu empfangen.

Die Abende im Dorf! Das Liebesspiel zwischen den Männern und den heiratsfähigen jungen Mädchen, in halbwegs sicherer Entfernung von den Eltern. Die Männer zwickten die Mädchen, drängten sich an sie, umarmten sie manchmal heftig und ließen sie dabei ihr Glied spüren. Manchmal rief eine Mutter oder ein Vater: »He, du, laß sie in Ruhe!« Aber sie wußten zu gut, worum es ging. Sie hatten das auch einmal erlebt ...

In der Schule hatte ich verheiratete Kameradinnen, vor allem unter den Toucouleur-Mädchen, die trotz der halbherzigen Erlaubnis zum Schulbesuch die Traditionen respektierten und heirateten, sobald sie etwa vierzehn Jahre alt waren. Von klein an in einer zärtlichen Atmosphäre aufgewachsen, waren sie sich sehr früh ihrer Weiblichkeit bewußt. Immer wieder kam die Frau zum Vorschein, die in ihnen steckte.

In diesem Alter, in dem die jungen Mädchen sich dem Leben öffnen, vergrub ich mich in Büchern und kopierte Modezeichnungen. Ich legte Wert auf meine Kleidung, in der ich mich gar nicht wohlfühlte, die meinen Körper, geschmeidig wie Lianen im Busch, in eine verklemmte, steife Haltung zwang.

Ich hatte keine Freunde, nur ewig seufzende Heiratskandidaten. Männer um die Vierzig wollten Mädchen in meinem Alter als zweite Frau haben; die frische neokoloniale Elite wollte Mädchen wie mich als erste Frau haben, als Gefährtin bei der Unterwerfung unter die neuen, neokolonialen Sitten. Ich hatte noch nie meinen Körper vor einem Mann entblößt, noch nie Geschlechtsverkehr gehabt.

In diesem Schuljahr ließ ich mich von meinem Geschichtslehrer entjungfern.

Bei Experimenten mit dem Körper hatte ich nicht das erreicht, was ich nach Lektüre, nach Bemerkungen von anderen davon erwartete. Die Sexualität hatte mir keinen Orgasmus gebracht.

Wenn ich manchmal hörte, wie verheiratete oder geschiedene Frauen von sexuellen Beziehungen sprachen, dachte ich, der Liebesakt müsse das höchste Gefühl im Leben und im Tod sein; sie sprachen nur unter sich davon, niemals vor den Männern. Ich suchte dieses Gefühl vergeblich, ich fand keinen Genuß.

Das letzte Schuljahr kam, mit allen seinen Anspannungen. Darüber vergaß ich meine Sorgen. Ich mußte das französische Abitur bestehen, um mich von dem Bruder zu befreien, der drei Jahre lang kein einziges Mal mit mir gelacht hatte. Schließlich hatte ich es geschafft.

Kurz danach wollte der junge Mann aus dem Dorf der Großmutter mich heiraten.

Wenn ich mit ihm hätte reden können, hätte ich ihm gesagt, daß ich nicht mehr Jungfrau war. Seit Jahren hatte er sich in den Kopf gesetzt, ich sei ihm versprochen. Seine Großmutter und meine waren zur gleichen Zeit in die Gegend von Salum gekommen, um dort ein neues Leben zu beginnen. Das band die beiden Familien aneinander, die mit der Zeit beinahe wie Verwandte galten. Der junge Mann und ich wurden als Vetter und Kusine betrachtet.

Ich ließ ihn bei seiner Hoffnung, aber er weckte keine Liebe in mir. Ich versuchte, mich an ihn zu gewöhnen, ohne zu wissen, wohin das führen würde. Ich konnte mir nicht vorstellen, mit ihm zu leben, irgend etwas mit ihm zu teilen. Er hat mich nie geküßt; wir haben nie zusammen getanzt oder uns umarmt. Er brauchte eine Frau mit einem Minimum an französischer Schulbildung, und ich gehörte zu den ersten Mädchen, die in die Schule gingen und europäisiert waren. Ich wußte nicht, ob er überhaupt in mich verliebt war; er war viel zu sehr mit sich selbst, seinem Studium und seinen Plänen beschäftigt, um mich eines Abends einfach um die Hüften zu nehmen und zu den Sternen hochzuheben. Ich spürte ihn nicht, außer in seinen wirklich flammenden Briefen, die er mir schickte, als er in Frankreich studierte. Wenn wir uns trafen, hatte ich das Gefühl, wir seien ein altes Ehepaar, das nie zusammen, sondern immer nur nebeneinanderher gelebt hat.

Wie konnte ich mich ihm hingeben? Was erwartete er von mir? Er war zufrieden, und ich suchte. Trotz der europäischen Assimilierung suchte ich verzweifelt das große Gefühl, den starken Atem. Er langweilte mich, vielleicht weil er das typische neokoloniale Nebenprodukt war, das ich unbewußt ablehnte.

Ich dachte an meine Kusine, die am gleichen Tag wie ich geboren worden war und deshalb als mein Zwilling galt. In ihrem Dorf, etwa zwanzig Kilometer von meinem entfernt, gab es keinen Baobab, nur die Savanne strömte ihre gelben Farben und ihre berückenden Düfte aus. Es gab dort keine Schule, keine Versuchung. Sie lief mit ihren kleinen, antilopenflinken Füßen durch den weichen, warmen Sand, badete mit den anderen Dorfmädchen im Mondlicht, lauschte den Gesichtern und Legenden ihrer Heimat, und ihre feinnervigen Hüften bebten im Rhythmus des fernen Tam-Tam, von dem es manchmal hieß, es käme von den Geistern.

Und als die jungen Mädchen selbstsicher wurden, luden ihre kleinen Brüste mit den festen Spitzen zur Liebe ein. Ihr Mund öffnete sich wie für den Schmerzensschrei der Liebe. Ihr Vater begann sich zu überlegen, mit wem man sie verheiraten könnte, so daß die traditionellen Bindungen bewahrt blieben und das Blut aufgefrischt wurde. Ihre Mutter weihte sie manchmal ohne ein Wort in die Kunst ein, erotische Winke zu geben. Sie schwenkte die Hüften, und der Wind strich liebevoll darüber. Ein entfernter Verwandter heiratete sie, nachdem er sie nur einmal gesehen hatte, schenkte ihr zur Hochzeit Geld und Kleider. Die Eheschließung ging genauso vonstatten wie bei ihren älteren Schwestern und den anderen Dorfmädchen. Sie war kaum fünfzehn Jahre.

Das Datum der Hochzeitsnacht wurde festgesetzt. Ihre Mutter redete vom Frau-Werden; die Mädchen, die schon verheiratet waren, versprachen ihr, sie würde die phantastischsten Dinge ihres Lebens erleben; die anderen Mädchen, die mit ihr zum Brunnen gingen, beneideten sie und bebten bei dem Gedanken, daß der Mann in der Hochzeitsnacht auf sie steigen und in ihrem Schoß nach dem Beweis suchen würde, daß sie in Reinheit gewartet hatte.

Diese Mädchen in der Blüte der Jugendzeit, mit noch einem Hauch Kindheit, aber sehr früh eingeweiht in den Reichtum der erotischen Andeutungen, waren richtige Frauen. Sobald sie wuchsen und das Hohlkreuz die Hinterbacken herausdrückte, wurden sie sinnlich. Das traurige Schicksal der Mädchen, die bei der Hochzeit keine Jungfrauen mehr waren, war die Grundlage des Ehrgefühls, das sie bewahrte und sie dazu ermunterte, rein zu leben.

Die Liebesnacht erleben, und dann sterben!

Durch den jungen Mann aus dem Dorf lernte ich den ungewöhnlichsten Menschen kennen, den Gott mir jemals über den Weg geschickt hatte. Damals konnte ich ihm nicht alles sagen, was in mir vorging. Das Alter, in dem ich war, wurde nicht als eine Zeit der Veränderungen betrachtet. Ein Mädchen hatte nur eine Rolle: eine Frau zu werden, wie sie ein junger Mann aus dem Dorf heiraten wollte. Wen sollte ich sonst heiraten? Sicher keinen Bauern, der auf dem Acker arbeitete. In mir saß die Idee fest, daß ein Mädchen aus der Französischen Schule nur so jemand wie diesen jungen Mann aus dem Dorf heiraten konnte, der sogar in Frankreich studiert hatte. Er träumte von einem Schlafzimmer mit dunkelrotem Teppichboden. Ich hatte andere Sorgen, ich suchte. Der junge Mann aus dem Dorf hätte meinen Schwung erstickt, und später das Bewußtsein. Der Mann, den ich durch ihn kennenlernte, gehörte zur ersten Generation der afrikanischen Intellektuellen, den Weisen. Dennoch respektierte er die alten Traditionen, aber er verstand die jungen Leute, die von der europäischen Schulbildung geformt waren und sich ein neues Gesicht suchten.

Wußte er, warum ich den jungen Mann aus dem Dorf nicht heiraten wollte, dessen Beschützer und Lehrer er gewesen war? Als ich ihm zum ersten Mal begegnete, war ich sicher, in ihm »den« Mann gefunden zu haben, in jeder Hinsicht. Nie mehr habe ich einen anderen kennengelernt, der so sehr »er selbst« war.

In jenem Jahr beantragte ich ein Auslandsstipendium, um eine Dolmetscherschule zu besuchen. Aber dafür mußte man in den meisten afrikanischen Ländern, und anderswo meist sicher auch, einen langen Atem haben. Die Korruption hatte sich überall ausgebreitet. Das afrikanische Gefühl für »mein Freund« und »mein Verwandter« ist so herzlich, daß es Druck ausübt. Im allgemeinen funktionierte das bestens – nur: Ich hatte keine Beziehungen.

Ich bekam mein Stipendium schließlich aufgrund meines Abiturzeugnisses. Ich hatte einen Paß, ein Visum, war geimpft worden und brauchte nur noch abzureisen, da kam die Nachricht, daß ich das Stipendium nun doch nicht bekommen sollte. Ganz gewiß jemand mit längeren Armen und einem hübscheren Po als ich.

Ich blieb also in Dakar und schrieb mich an der Universität für Englisch ein. Ich träumte davon, Kinderärztin zu sein, aber der Typ Abitur, den ich gemacht hatte, erlaubte das nicht. Mit einem alten Vater, der sich zum Heil des Menschen dem Gebet widmete, und einer alten Mutter, die Stoffe mit Indigo färbte, um ihren Lebensunterhalt zu verdienen, hatte ich nur ein halbes Stipendium, dafür ein Zimmer im Studentinnenheim bekommen.

In der Studentensiedlung waren alle afrikanischen Nationalitäten vertreten. Aber jede ging ihre eigenen Wege. Der Zustand wurde immer krasser, so empfand ich es. Die Afrikaner teilten sich immer mehr auf. Abgesehen von den üblichen Zufallsbegegnungen zog sich auch bei uns jedes Land hinter die Schranken zurück, die den Kontinent balkanisiert hatten.

Ich lernte ein Mädchen aus Mali kennen, sie war Mischling, so temperamentvoll und heftig wie ein junges Pferd, hübsch und lebendig. Ihr Lachen kam aus dem Bauch und explodierte am Himmel. Wir steckten immer zusammen; sie war an der philosophischen Fakultät und teilte ihr Zimmer mit einem anderen Mädchen aus Mali, das wunderbare Geschichten aus dem alten Mali der Könige und Herrscher, der ruhmreichen Heldentaten erzählen konnte. Wie oft wehte der tiefe Atem Afrikas durch unsere ärmlichen Zimmer!

Bei den meisten von uns Senegalesinnen reichte das Stipendium nicht, um neben der Zimmermiete auch noch regelmäßig in der Mensa zu essen. Hinter der Mauer der Studentensiedlung lag ein Wohnviertel, fast wie ein Ghetto von der Stadt abgetrennt, wo die Leute ums Überleben kämpften. Dort suchten wir uns zu viert eine Familie, die gegen eine feste Entschädigung für uns mitkochte. Wir bekamen genau das gleiche Essen wie die Familie selbst und aßen alle vier zusammen aus einer großen Schüssel; manchmal luden wir unsere Studienkameradinnen aus Mali ein, und auch sie mochten die gut gewürzten senegalesischen Gerichte, deren Grundlage immer Hirse oder Reis war, und dazu Gemüse, Fisch oder Fleisch.

Mit der Freundin aus Mali entdeckte ich nun Dakar ohne die Aufsicht des Bruders. Die Stadt mit ihren Bettlern und ihren Autos; mit ihren asphaltierten Boulevards und ihren Armenvierteln, wo die Kinder in engen Gassen spielten, aber glücklich waren; das Stadtzentrum mit seinen hohen, abweisenden Gebäuden, die Märkte voller Düfte, die anmutigen Frauen; kaufen und verkaufen – die Allgegenwart der »Konsumgesellschaft«; das Volk, das durchhielt und überlebte mit unabschätzbarem menschlichem Reichtum.

Ich ging mit einem Jurastudenten, den ich schon in der Schule kennengelernt hatte. Das war so Mode: anspruchslose, einfache Mädchen gingen mit einem Studenten; ansonsten gingen die Studentinnen eher mit den jungen Männern aus, die ihr Studium schon beendet hatten. Wir trafen uns oft; er experimentierte mit europäischer Liebe. Mit der

Kolonisation waren auch Küsse und Zärtlichkeiten ins Land gekommen.

Die französischen Illustrierten, die auf allen Märkten in Stapeln lagen, reizten uns: Wenn zwei Paar Lippen aufeinandergepreßt waren, schienen die Partner in andere Welten davongetragen zu sein.

In den lauen Nächten verwickelten sich die Körper mit keuchendem Atem; das Duell des Lebens, knarrende Matratzen, hochschrecken, das Erwachen der Sinne! Daheim im Dorf ...

Benommen vor Müdigkeit und unbefriedigter Liebe kehrte ich dann in das kleine Studentenzimmer zurück, ging unter die Dusche und dann schlafen, oder ich las oder träumte. Ich las sehr viel, ich las alles. Die engagierte Literatur interessierte mich, ich suchte dort nach einem Weg, schrieb mir die Formeln und Schlagworte, die vielleicht meine Unruhe beschwichtigen konnten, auf die Zimmerwände.

Durch die Freundin aus Mali entdeckte ich das Kamasutra. Aber das half mir auch nicht weiter.

Ich liebte das Leben auf selbstmörderische Weise. Ich stürzte mich wie eine Verrückte in die Welt, aber nie empfand ich die Dinge so stark, wie ich es gerne gewollt hätte. Ich wollte sie in mir aufnehmen; aber wo konnte ich einen Fixpunkt finden? Ich lebte wie eine Waise unter Kameradinnen, die immer wieder von ihren Familien erzählten.

Ich wollte von meinem Baobab erzählen, aber die anderen machten sich über mich lustig und nannten mich »Kaw-Kaw«; das waren die Leute aus einsamen Dörfern, irgendwo in der Savanne verloren.

Ich klammerte mich mit soviel Leidenschaft an die Menschen, die Dinge, die Bäume, die Tiere. Ich begann jede

Beziehung mit soviel Begeisterung! Aber meistens wurde ich enttäuscht. Es steckte soviel Verzweiflung in meinen Versuchen, Halt zu finden, ein echtes Gefühl zu erfahren ... Ich war vergnügt, lebhaft, leidenschaftlich, das entsprach der Wahrheit, aber es war eine bittere Wahrheit.

Ich beantragte erneut ein Auslandsstipendium. Mir ging es mehr darum, hier fortzukommen, als darum, wirklich weiterzustudieren. Ich wollte irgendwo oder in irgendwem die heilige Bindung entdecken, die mir fehlte. Warum sollte ich mich nicht auf die Suche nach »meinen Vorfahren, den Galliern« machen?

Gott erfüllte meinen Wunsch. Ich bekam das Stipendium. Die große Abreise kam.

Laßt doch die Kinder ihre Kindheit leben. Liebt sie, und haltet sie in euren Herzen warm.

10

Die Tränen flossen in diesen Abgrund von Einsamkeit, der meine Seele war. Ich ließ mich weinen, und ich hörte mich von Selbstmord sprechen. Selbstmord? Das Wort hatte mich immer gleichzeitig erschreckt und fasziniert. Selbstmord war so selten im Dorf; dort hatte ich das nie erlebt. So etwas passierte nur anderswo. Es lag so viel Heiligkeit darin, daß man nur in sehr ernsten Augenblicken davon sprach. Wenn Selbstmord der einzige Weg war, um diese Beklemmung zu heilen, die sich scheinbar für immer in mir niedergelassen hatte, dann durfte ich mir nicht erlauben, mein Leben mit irgendeiner Selbstlüge zu belasten ...

Ich war noch immer in diesem Hotelzimmer. Der Mann war schon lange gegangen, hatte mich in Aufruhr zurückgelassen. Im Eisschrank fand sich eine zweite Flasche Champagner. Ich öffnete sie und trank sie restlos aus. Ich schminkte mich frisch und fragte mich, wie lange das alles gedauert haben mochte. Was war aus der Schweizerin geworden?

Ich verließ das Hilton, und draußen tauchte ich wieder unter im Leben. Wieviel Geduld das Leben hat! Die Leute, die sich nach mir umdrehten, ahnten nichts davon, daß sich in mir der Traum und die Katastrophe heillos verknäuelt hatten.

Ich rief bei den Tunesiern an und fragte nach der Schweizerin; sie war dort und forderte mich auf, zu kommen. Ich ging hin und erzählte ihr von dem Nerz. »Begreifst du das nicht, du kannst einfach alles haben, was du willst«, sagte sie.

»Mein Gott, wenn das wahr wäre«, antwortete ich traurig und dachte, daß ich jetzt vielleicht genau erklären konnte, was ich wollte. Aber es zog und zerrte mich so sehr nach allen Seiten, daß ich blind wurde. So wie ich gekleidet war, elegant, gedankenlos herausfordernd - konnte ich da nicht allem und allen trotzen?

Einer, der aussah wie der Besitzer des Restaurants, kam und begrüßte mich, als ob ich erwartet worden sei, und führte mich an einen mit Kerzen beleuchteten Tisch.

»Ich warte auf eine Freundin, sie kommt etwas später«, sagte ich.

»Möchten Sie inzwischen etwas trinken?«

»Ja, Champagner bitte, eine Flasche.«

Man staunte wieder über mich in diesem Restaurant, das die Bürger am Wochenende und mit dem frischen Monatslohn in der Tasche besuchten. Die Leute schauten zu mir herüber. Ich sprach sehr laut. Ich genoß diese oberflächliche Macht über die Weißen, die mich nur beim Geldausgeben akzeptierten.

Das dauerte nicht lange. Das Problem waren nicht die anderen. Ich war es, die reagieren mußte. Ich hatte mich verkleidet und das Herz in tausend Stücke zerrissen, weil mich dieses zermalmte, zersprengte Gewissen schmerzte.

Niemand im Restaurant hätte die Ängste dieses Wesens erahnen können, das scheinbar alle Trümpfe in der Hand hatte, das aber in Wirklichkeit seit zwanzig Jahren im Chaos verzweifelt auf der Suche war, während die Mutter in der Ferne nach ihrem Kind rief.

Der Besitzer setzte sich zu mir an den Tisch, und ich lud ihn zu einem Glas ein. »Ich warte auf eine Freundin, sie wohnt nicht weit von hier, sie muß gleich kommen«, begann ich wieder.

»Ach, ich glaube, Sie sind Ken? Ich kenne Ihre Freundin auch. Sie hat mir schon von dir erzählt. Ich darf dich doch duzen, nicht wahr? Nur die Ruhe, sie kommt bestimmt bald, sie ist immer hier. Wenn du willst, kannst du ja schon etwas zu essen bestellen.« Er rief auf italienisch nach dem Kellner; er schien nett und freundlich zu sein.

»Nachher kommt ein Freund von mir; er würde sich freuen, dich kennenzulernen. Du kommst aus dem Senegal, nicht wahr?«

Die Schweizerin kam wie ein Windstoß herein, entschuldigte sich, weil sie nicht bleiben konnte, und verschwand wieder. Ich ließ sie allein gehen; die Gedankenlosigkeit hatte in mir wieder die Oberhand gewonnen – und hier fühlte ich mich wohl.

Der Freund des Besitzers erschien mit einem kleinen schwarzen Hund auf dem Arm; der Abend ließ sich gut an für ihn, für mich, für den Wirt. Das Essen war natürlich köstlich, schließlich saß der Wirt bei uns – und der Abend wurde mit Champagner und guten Weinen begossen. Weil die Geschäfte vorgehen, verließ der Wirt uns nach einer Weile.

Ich spielte weiter das große Mädchen aus dem Milieu, das wußte, was es wollte. Ich war mir meiner Karten sicher und spielte sie mit Eifer aus; ich war angetrunken.

»Ich halte das nicht mehr aus, Sie nur so anzuschauen; ich muß Sie ganz haben«, sagte er lachend und drückte begehrlich meinen Oberarm.

Der Alkohol zog mich in einen Strudel, löschte Überlegung und Erinnerung aus.

Ich nahm beinahe voll Freude an, als der »Freund« vorschlug, in meine Wohnung zu gehen. Ich verabschiedete mich vom Wirt, versprach wiederzukommen und verließ das Restaurant mit dem Mann und seinem kleinen, nervösen, schwarzen Hund.

Vor meiner Haustür weigerte der kleine Hund sich hineinzugehen und fing an, sich die Lunge aus dem Hals zu bellen.

»Sag deinem Hund, er soll still sein. Wir müssen leise sein; das hier ist ein Wohnhaus, kein Bordell«, sagte ich. Wir kamen trotzdem ohne Schaden in den zweiten Stock.

Ich war erleichtert, zu Hause zu sein, und schloß die Tür zweimal ab, als der Mann mit seinem Hund eingetreten war. Müde und nervös ließ ich den Nerz auf den Boden fallen und warf mich angekleidet auf das Bett. Erst einen Augenblick später fiel mir der Mann mit dem Hund wieder ein, der da im Zimmer stand, das meine Zuflucht war.

»Oh, entschuldigen Sie.« Unwillkürlich siezte ich ihn wieder; vielleicht um wieder eine gewisse Distanz zwischen uns herzustellen, um mich weniger besitzen zu lassen.

»Ich kann leider nicht lange bleiben, ich will dich haben, nein, erst will ich dich sehen.« Der »Freund« keuchte beinahe. Jetzt kam alles Schlag auf Schlag.

Ich hatte es plötzlich satt, immer nur als das minderwertige Produkt behandelt zu werden, das ich spielte. Dieser Mann hätte mein Vater sein können; er hätte mich in die Arme nehmen, liebevoll mit mir sprechen, mich wie ein Vater verstehen können. Und unterdessen rannte der kleine Hund unentwegt bellend im Zimmer herum.

Ich stand auf, ging in die Küchenecke und rollte mir einen Joint, um die »Geister« zu rufen: Ich fühlte mich aufgelöst, losgelöst von den Verkettungen meines Lebens. Im Küchenwinkel zog ich mich auch aus, ich wollte nur diesen Körper preisgeben, von dem ich keinerlei Vorstellung mehr hatte, der diese Weißen aber so aufregte, die mich in Augenblicken wie diesen für voll nahmen. Der Körper hatte seine eigene Wahrheit, er wußte nichts von all diesen Problemen, auf welche das Bewußtsein, das ihn belebte, ständig stieß.

Das war aus der Beziehung zwischen Menschen geworden. Das konnte der Weg *nicht* sein.

Warum ist die Mutter fortgegangen? Warum hat sie mich unter dem Baobab allein gelassen?

»Wieviel willst du? Hier, das ist für dich.« Der Mann zog eine dicke Brieftasche heraus und blätterte mir ein Bündel Scheine hin. Er stand vor mir da und schaute mich an wie einen unerreichbaren Gegenstand. Und dieser schwarze Körper, diese Farbe, eine Explosion …

Nie darf man das Kind allein unter dem Baobab lassen. Die Mutter darf niemals fortgehen. Warum ist sie fortgegangen?

Der kleine Hund bellte immer weiter, wurde auf einmal riesenhaft groß. So etwas hatte der kleine Hund noch nie gesehen. Dies war gewiß das erste Mal, daß das Herrchen ihn zu solch einem Abenteuer mitnahm. Tiere spüren, wenn die Atmosphäre mit Strömungen geladen ist, die sich kreuzen und aufeinanderprallen. Augenblicke, in denen die Einsamkeit des Lebens einen erdrückt oder tausend Menschenmengen einen verschlingen, auslöschen. Mein Körper, der sich preisgab, dieser Mann, der ihn besitzen wollte und total betrunken und impotent auf dem Boden zusammensackte.

Es wurde mir zuviel. Ich packte ihn unter den Armen, versuchte, ihn aufzuheben, er war zu schwer. Der kleine Hund bellte noch heftiger als zuvor und schaute mich wütend an, als ob ich an allem schuld war.

»Monsieur, stehen Sie auf, Sie müssen gehen, und sagen Sie Ihrem Hund, er soll endlich still sein, sonst kommt noch der Hausmeister herauf, und ich kriege Scherereien.« In mir dröhnte alles, während ich mit ihm sprach.

Ach, Mutter, was habe ich dir getan? Was hast du getan? Wenn du mich jetzt nur sehen könntest, wie gern ich sterben möchte!

Der Mann versuchte aufzustehen, aber er sackte immer wieder zusammen. Ich versuchte vergeblich, ihn zu stützen; er war zu schwer und zu betrunken. Und der kleine Hund bellte die tausend Schatten dieses undenkbaren Lebens an.

Was tun? Die Katastrophe war nicht aufzuhalten und riß mich mit. Ich hörte Klopfen an der Tür und wütende Stimmen. »He, Ruhe, verdammt noch mal! Wir brauchen unseren Schlaf, wir arbeiten, wir sind ordentliche Leute! Lassen Sie uns schlafen.«

Der kleine Hund raste weiter bellend herum; ich versuchte, ihn auf den Balkon hinauszuscheuchen, aber er ließ mich nicht einmal an sich herankommen und erst recht nicht sich aufheben. Es war schrecklich. Mein Herz klopfte wie verrückt.

»Monsieur, bringen Sie Ihren Hund zum Schweigen, ich bitte Sie; ich werde Scherereien bekommen.« Ich sprach leise, um nicht noch mehr Aufmerksamkeit zu erregen.

Alle Nachbarn wußten sicher schon, daß all dieser Lärm aus meinem Zimmer kam. Ich rief alle Ahnen und Propheten um Hilfe an. Das Zimmer war ganz durcheinander.

Was sollte ich bloß mit diesem Mann und seinem kleinen Hund anfangen? Ich kippte ihm eine Schüssel Wasser über den Kopf. Er wurde patschnaß. Seine Schuhe lagen mitten im Zimmer; mir fiel ein, daß Schuhe immer ihrem Besitzer glichen. Ich versuchte, sie ihm anzuziehen, aber die Füße wollten nicht hinein. Seine Socken hatten die gleiche Farbe wie sein Anzug.

Hatten die Nachbarn sich beruhigt?

Auf Zehenspitzen schlich ich zur Tür, legte das Ohr daran und lauschte, ob irgendein Geräusch verriet, daß noch jemand im Treppenhaus war. Alles schien verlassen. Sofort beschloß ich, den Mann mit dem kleinen Hund fortzuschaffen.

Ich nahm die Schuhe, deren trauriger Anblick mich bedrückte, trug sie schnell hinunter zur Haustür, ohne im Treppenhaus Licht zu machen, und lief ebenso schnell wieder hinauf. Ich zog den Mann am Arm, aber er schien noch schwerer als zuvor und schnarchte wie sein Stier.

»Monsieur!« Ich gab ihm eine Ohrfeige. »Bitte, stehen Sie auf und gehen Sie! Die Polizei kommt!«

Er bewegte sich ein wenig, sackte wieder zusammen und streckte alle Glieder von sich. Er mußte hier weg. Ich zitterte am ganzen Körper. Warum war denn keiner hier, der mir helfen konnte!

Wie durch ein Wunder vervielfältigten sich meine Kräfte, und wie in einem Aufbäumen gelang es mir, den Mann ins nachtschwarze Treppenhaus zu zerren. Der kleine Hund hatte aufgehört zu bellen, wuselte um seinen Herrn herum und schnüffelte ihn von oben bis unten ab. Er hatte nur seinen Herrn, und er wollte ihn nicht verlieren. Ich hatte gar nichts ...

Ich zog den Mann weiter so gut ich konnte, und dann rollte er wie ein Kadaver die Treppe hinunter und blieb auf dem Absatz liegen. Ich rannte hinterher und sah, daß er blutete. »Oh Gott, habe ich ihn umgebracht? Wo kommt das Blut her?« Unterwegs hatte er eine Socke verloren, die nun da auf einer Stufe lag und so verlassen, leer und geschrumpft aussah.

Ich wollte den kleinen Hund einfangen, der bellend davonlief. Der Mann lag da und blutete, aber er schien nicht zu leiden. Ich zog ihn weiter wie einen Sack voll Maniok, und er rollte wieder die Stufen hinunter. Unten stand schon der kleine Hund, völlig fertig mit den Nerven. Am liebsten hätte ich ihn umgebracht, damit er endlich still war. Ich hätte auch gern um Hilfe gerufen; ich war erschöpft, ich hatte Durst, ich mußte urinieren, und es war kalt in diesem gespenstischen Treppenhaus.

Unerklärliches schien sich in diesem Treppenhaus abzuspielen. Plötzlich ging das Licht an und blendete mich. Überrascht hielt ich den Atem an, alle Sinne hellwach wie ein gejagtes Tier, besiegt. Ich schaute auf und sah eine Frau in rotem Nachthemd und mit zerzaustem Haar, die sich über das Treppengeländer beugte. Augen voll Wut starrten mich an wie der Dämon aus dem Fegefeuer, wollten mir Schuld einjagen. Ich senkte niedergeschmettert den Kopf. Jetzt war es aus. Jetzt wachten alle auf, und ich sah schon rundum tausend Gesichter auftauchen, alle voll Vorwurf, Verachtung und Haß. Gesichter, von einem sinnlosen, bösartigen Leben gezeichnet. Das Licht verlöschte, und ich pries die Götter der Schatten.

Von Verzweiflung und vom Selbsterhaltungstrieb angetrieben, schleifte ich den Mann weiter, brachte ihn endlich bis zur Haustür. Wir füllten den ganzen Raum aus.

Ob sie mich anschrien und beleidigten, mich aus dem Haus warfen und die Polizei holten, nichts war jetzt mehr wichtig.

Ich war auf der letzten Stufe angelangt, wo es nur noch den Selbstmord gab. Jetzt gab es nichts mehr nachzudenken. Der Mechanismus spulte ab. Das Straßenlicht fiel durch die Glastüre in den Eingangsflur, wo der Mann, der kleine schwarze Hund und ich den Kampf um ein Leben begonnen hatten.

Das Gesicht der Frau hatte es mir ohne ein Wort verständlich gemacht. Alle Mieter in diesem Haus kannten ähnliche oder noch schlimmere Situationen in ihrem gebeutelten Leben. Das Schicksal folgte unerbittlich seiner Bahn.

Es ging nur um eins: diese grundlegende Sehnsucht, die Notwendigkeit von Zärtlichkeit, all die Gefühle, die dem Leben Sinn und Poesie verleihen. Jeder stürzte sich auf seine Weise in die verzweifelte Zerreißprobe, im vollen Wissen, daß er Verlierer und Opfer war. Man darf das Kind nicht dem Leib der Mutter entreißen. Die Mutter darf nicht fortgehen.

Der Mann lag da auf den Steinfliesen. Sicher waren sie kalt. Ich fing an, ihn zu durchsuchen wie eine Leiche in einem geschändeten Grab.

Warum machte ich das, ausgerechnet jetzt? Ich fand die Brieftasche, die er oben im Zimmer herausgezogen hatte, als er es dort oben nicht geschafft hatte, abzuheben und in die Traumwelt zu reisen. Diese Reise ins eigene Kindsein, ins versteckte Innere, das Ruhe und Aufgehobensein auf dem Schicksalsweg sucht, eine Reise, die nach dem Zögern der ersten Schritte alles löst und auflöst, was für ein ungelebtes Leben den Grund legt.

Der kleine schwarze Hund bellte wieder. Ich öffnete die Haustür, schleifte den Mann hinaus auf den Bürgersteig, rannte zurück ins Haus, schloß die Tür hinter mir und lehnte mich besinnungslos und erschöpft an die Wand.

Der kleine schwarze Hund bellte noch immer.

Ich öffnete die Haustür einen Spalt und wagte einen Blick hinaus. Der Mann lag auf dem Rücken, sein Bauch schaute hinauf zum farblosen, wolkenlosen, gleichgültigen Himmel. Ein Fuß war nackt. Da fielen mir seine Schuhe ein, und ich trug sie zu ihm hinaus. Tausend Motoren dröhnten in meinem Kopf; ich raste die Treppe hinauf, nahm zwei Stufen auf einmal, stürzte in mein Zimmer und sperrte die Tür hinter mir zweimal ab.

Sterben. Jetzt sterben. Der reine Selbstmord.

Plötzlich wurde es im Haus lebendig. Laute Stimmen, Flüche, schlagende Türen und noch immer das Bellen des kleinen Hundes. In all dem Lärm auf einmal deutlich eine Stimme, die ihr Geld verlangte. »Mein Zaster ...!«

Als ich das hörte, ging ich schier durch die Wand. Oh Gott, was passierte mir da? Was hatte ich da gemacht? *Was hatte die Mutter gemacht?*

Jemand klopfte laut an meine Tür. Ich hielt den Atem an. Alle Lichter schienen erloschen. Ich hörte: »Ja, hier wohnt seit ein paar Wochen ein Mädchen. Eine Ausländerin, eine Schwarze.«

»Sie lebt allein, aber ich glaube, der Mann war bei ihr.«

»Aber sie scheint gar nicht daheim zu sein. Vielleicht wohnt sie gar nicht mehr hier?«

»Hat sie ihm sein Geld geklaut, oder was?«

»Der arme kleine Hund.«

Ich hörte die Stimmen und Worte wie in einem Alptraum. Ich hatte das Gefühl, ich wäre schon lange tot, seit undenklichen Zeiten, und der Mann ebenfalls. Ich blieb zwei Tage und zwei Nächte lang in meinem Zimmer eingeschlossen. Ich hatte weder Hunger noch Durst.

Aber ob ich das wollte oder nicht, gleich vor der Tür wartete das Leben auf mich, und ich weinte heftig, kurze, schnelle Schluchzer, die das Herz zerrissen. In diesem Augenblick ertönte der Schrei. Ein durchdringender Schrei, der die Harmonie zerstörte, *unter dem kahlen Baobab in dem verlassenen Dorf.*

Ich weinte so heftig, weil ich nicht gestorben war, als diese Stimme auferstanden war, mitten aus dem Nichts, das ich mir so besessen aufgebaut hatte. Alles vergeblich. Diese Geschichte hatte mich zerschmettert.

Ich hatte den Clown gespielt.

Ich wurde mir bewußt, was alles mir so weit von meinem heimatlichen Dorf widerfahren war, und ich betete zu Gott um eine Wiedergeburt, um das Auslöschen von fast fünfundzwanzig Jahren des Umhergetriebenseins.

Was hatte ich getan, daß das Schicksal mich so verfolgte? In der Nacht ging ich heimlich zu Jean Wermer, der trotz allem ein Freund geblieben war. Er beherbergte mich, und ich erzählte ihm alles, nur die Sache mit der Prostitution und dem Mann mit dem kleinen schwarzen Hund erzählte ich ihm nicht.

»Du kannst hierbleiben, bis du dich erholt hast«, schlug er mir vor. »Ich glaube, du solltest nach Hause fahren, in den Senegal, und Abstand von allem gewinnen. Du bist jung, du gehörst zu Afrika, du wirst das alles vergessen. Aber du solltest gleich abreisen; die Zeit verrinnt.«

Am nächsten Abend nahm Jean mich mit, und wir trafen uns in einem Restaurant mit Leonora, um mit ihr über meine Abreise zu sprechen. Die Entscheidung fiel; ich kehrte zurück in mein Land.

Leonora war noch immer die gleiche, so echt wie eine reife Mangofrucht, zart und saftig. Vielleicht können wir eines Tages zusammen nach Guye fahren, lange über die Savanne laufen und dabei über das Leben sprechen. »Du wirst schon sehen, mein Dorf wird dir gefallen.«

Ich war wie von Sinnen aus Zorn und Verzweiflung, als ich in das Flugzeug stieg. Mein Bewußtsein war abgestorben, weil nichts zurückzuholen war, weil nichts wiederhergestellt werden konnte. Die verlorene Kindheit war nicht zurückzuholen, sie war davongeflogen an einem Nachmittag, als ich zum ersten Mal einen Weißen sah.

Das Irreale schob sich über das Erhabene, und ich wurde unfähig zu träumen. Der Traum war mir verboten, wie später alles Unwirkliche, diese Illusion, die Mut zum Weitermachen gibt. Ich war wie der Teufel gekommen, um den Kampf mit dem Gegner zu beginnen.

Ich hatte versucht, mir zu trotzen, hatte beinahe gesiegt, aber war das Spiel den Einsatz wert? Ich war rechtzeitig wieder zu Bewußtsein gekommen.

Der Baobab, der schon so lange abgestorben war, hieß die Heimkehr gut.

»Dieser Baobab, den du hier siehst, ist schon lange tot.«

»Aber wie kann das sein! Er steht ja noch aufrecht, hat alle seine Äste!«

»Ja, aber er ist tot.«

Ich hatte ein Rendezvous mit dem Baobab vereinbart, aber ich war nicht gekommen, und ich konnte ihm nicht Bescheid geben, ich wagte es nicht. Das versäumte Rendezvous machte ihn tieftraurig. Er verlor den Verstand und starb nach kurzer Zeit.

An dem Morgen, als ich im Dorf eintraf, hatten sich alle anderen Baobabs, hinter ihren Stämmen versteckt und ihre Zweige in eine dichte Blätterkrone zusammengefaltet. Die Sonne hielt Wache bei dem Verstorbenen, der ganz Licht war. Die Vögel trugen Trauer. Die kleinen weißen und gelben Schmetterlinge schwirrten mit leuchtenden, bebenden Flügeln durch die Luft.

Ohne Worte hielt ich die Totenrede für diesen Baobab, der Zeuge und Mitwisser der Abreise der Mutter war, an jener ersten Morgenröte ohne Sonnenuntergang. Ich blieb lange vor diesem toten Stamm stehen, ohne einen Gedanken.

Eine neue Generation im Werden

In den letzten fünf Jahren haben in der frankophonen Literatur Westafrikas drei Bücher großen Erfolg gehabt, Geschichte gemacht und viel Diskussion ausglöst. Alle drei Werke stammen aus Senegal, dem gleichen Verlag und von Frauen.

Mariama Bâs »Ein so langer Brief« (deutsch: Edition Sven Erik Bergh) setzt sich auf packende Weise mit der Polygamie und dem dadurch bedingten Frauenschicksal auseinander. In Briefen teilt Ramatoulaye ihrer Freundin Aissatou ihr Leid mit: Nach dreißig Jahren Ehe nimmt sich der Mann eine zweite, junge Frau. Ist das nicht eine Zumutung? Unmenschlich? Ist die Frau ein Wegwerfprodukt für den Mann? Und wo liegen Rechte und Ansprüche der Frau? Muß sie sich langsam vergessen lernen und selbst aufgeben oder sich befreien, indem sie sich auflehnt? Wo liegt die Grenze zwischen Dulden und Freiheit, zwischen Gehorsam und Selbstbehauptung? – Mariama Bâs Buch erhielt 1980 den prestigereichen Noma-Preis für afrikanische Literatur, und sie selbst stand 1980 auf der Frankfurter Buchmesse, die Afrika zum Schwerpunkt hatte, als alles überragende Persönlichkeit im Mittelpunkt. Sie strahlte etwas aus, das alle in Bann zog. Kurz darauf starb die 52jährige Lehrerin.

Zur gleichen Zeit erschien ebenfalls bei *Les Nouvelles Editions Africaines* in Dakar, Abidjan und Lomé eine moderne Parabel von *Aminata Sow Fall* mit dem Titel *La Grève des Bàttu* (Der Streik der Bettler, auf deutsch noch nicht erschienen). Die Politiker der Großstadt wollen wegen des Tourismus und der Geschäfte die Bettler wegschaffen und irgendwo am Rand ansiedeln. Die Almosensammler wehren sich und streiken, indem sie nicht mehr an den üblichen Ecken und Enden stehen. Damit kommt das Leben zum Stillstand, denn ohne Almosenspende haben sowohl der Politiker als auch der Geschäftsmann ein schlechtes Gewissen, fehlt beiden die Entscheidungsgrundlage und die notwendige Bestätigung ihrer Unentbehrlichkeit. Ohne tägliche Gaben bleibt alles Tun erfolglos. So bittet die Stadtverwaltung die Bettler zurück. Dieses Gleichnis ist im islamischen Kontext leicht zu verstehen, aber auch ohne ihn begreift der Leser die indirekte und sehr humorvoll gezeichnete Kritik am heutigen Zustand der Entwicklungspolitik und der Politik insgesamt. Das witzig geschriebene Werk besitzt viel Ähnlichkeit mit Sembène Ousmanes Film und Buch *Xala* (deutsch: Peter Hammer Verlag, in der Reihe »Dialog Afrika«). Anfang 1985 wurde Aminata Sow Fall, die einen hohen Posten im Kultusministerium einnimmt, zur Vorsitzenden des senegalesischen Schriftstellerverbands.

Ken Buguls Buch steht seit einem Jahr auf westafrikanischen Bestsellerlisten. Sicher spielt das Geheimnisvolle mit, denn Ken Bugul soll ein Deckname für eine schreibende Politikerin sein. Da es selbst im Senegal nicht allzu viele Frauen in der Politik gibt, wird das Spekulieren über die mögliche Autorin zum Gesellschaftsspiel. Hier wird das heitere Rätselraten zum fast integralen Teil eines Buches und zum Anlaß einer oralen Literaturform. Das Vorgehen an sich zeugt von einer verlogenen Gesellschaft, die sich sehr fortschrittlich und tolerant gibt und sich derartige Kritik dennoch nicht von einer konkreten Person wünscht. Ken Bugul schreibt: »Die heutige Gesellschaft erlaubt alles, nur nicht daß man darüber redet.« Hebt ihr Buch diesen Satz auf? Hat die Autorin Hoffnung, daß durch das Gerede hindurch doch etwas von der Sinnfrage in die Tiefe vorstößt?

Ein geheimnisvolles Buch, das nach den Geheimnissen einer heutigen Identität sucht. Da die Frage »Wer bin ich?« immer von Geheimnissen umgeben sein wird, hat die Autorin – ob gewollt oder nicht – durch ihre Pen-Namen dem Buch den entsprechenden Rahmen gegeben und ein wichtiges Klima der Neugierde geschaffen. Mit Tabus geht nichts in die Tiefe, nur mit Offenlegung, mit Ehrlichkeit und Einsamkeit.

Dieses Werk entstammt wohl individueller Erfahrung, aber es will nicht individualisiert werden. Es enthält und ist mehr als das Bekenntnis *einer* Frau. In dieser »Geschichte« ist die Frage nach dem Sinn und der Identität sowohl der afrikanischen Frau als auch Afrikas insgesamt gestellt. Somit spielt der Name der Autorin keine wichtige Rolle. Herausgerufen (pro-voziert) aus dem Alltag, herausgerissen aus dem Gewöhnlichen, auf Distanz gesetzt, beginnt wie für den Pilger in der Ferne das Erfragen der Nähe.

Alle drei Bücher, Romane oder Geschichten (die Gattung ist mit europäischen Begriffen schwer auszumachen), sind teilweise stark hymnisch und mystisch. Die Autorinnen scheinen sich öfter im Augenblick zu verlieren: Unsere (die westliche) Zeit stimmt dann nicht mehr. Dasselbe geschieht mit dem Raum: Räume überschichten sich, und obwohl sie sich ausschließen, schließen sie sich doch gegenseitig ein. Realität geht unumwunden in Symbolik über, und immer wieder steht der Europäer vor *seiner* Frage: »Ist das nun wirklich oder symbolisch?« Ist es Allegorie, Verschlüsselung oder Verschleierung? Unbeholfenheit im Umgang mit Zeit, Raum, Sprache, Logik, Gefühl und Verstand? Gerade bei Ken Bugul wird man es beim Lesen in Europa nicht immer leicht haben, denn das Schillernde, das Spielen zwischen den Polen von Vagheit und Offenheit ist in der französischen Sprache leicht(er) machbar. Alle drei Schriftstellerinnen schreiben französisch; ihr Hintergrund ist jedoch das Wolof, eine senegalesische Sprache, die sich für diese Form noch besser eignen soll (wie mir in Senegal beteuert wurde).

Damit ist die Verbindung zum Vater der modernen senegalesischen Literatur eindeutig hergestellt – zu *Léopold Sedar Senghor,* dem Mitbegründer der Negritude, langjährigen Präsidenten und Mitglied der Académie Française. Er hat sich würdig in die Reihe von Teilhard de Chardin, Péguy, Claudel, Saint-John Perse oder Baudelaire eingereiht. Aber unsere zweite Generation setzt sich ab und wird konkreter. Sie ist aus den Himmeln heruntergestiegen, auf die Erde gestellt; vor einer kaum mehr zu ertragenden Wirklichkeit zweifelt sie an den Träumen der Männer unter dem Baobab. (Unter dem Baobab träumen die Männer, nie jedoch die Frauen.)

Nicht nur in der Sprache bestehen Ähnlichkeiten und Gegensätze zu Senghor, sondern auch in der Fragestellung. Senghor ging dem Schwarzsein (Negersein = Negritude) nach und besang dessen Schönheit. Ab und zu wie eine Parodie auf diese Mystifikation der Haut kehren bei Ken Bugul dieselben Sätze aus dem Munde Weißer zurück: »Du bist schwarz, und du bist schön: Beides solltest du nutzen!« Ken Bugul geht dem Schwarzsein »unter die Haut«, so tief, bis sie im Innersten zu zerbrechen scheint. Sie kehrt um, kehrt heim und deutet den Anfang zu einem neuen Realismus an.

Senghor ließ sich nie in eine tiefergehende koloniale Auseinandersetzung ein. Für ihn war das Problem Schwarz-

Weiß eine wolkige Frage der Vermischung. Fast rein ästhetisch sah er zwei Farben nebeneinander, die sich in einem politischen Mal-Werk langsam mischen konnten und mußten. Philosophisch – sozusagen – waren die zwei Farben ein Ausgangspunkt, und fast im Sinne von Teilhard de Chardin zählte bloß der Endpunkt, das Omega.

Die drei Frauen hingegen bringen großen Mut auf im literarischen Ergründen politischer Un-Tiefen. Vielleicht mußten sie als Frauen zu den Themen der Abhängigkeit, der Ausbeutung, des internen Kolonialismus, der Pseudo-Freiheit des Konsumerismus kommen und sich als integralen Teil eines Systems erkennen, in dem nicht Menschsein und Gerechtigkeit, nicht Intelligenz, Wissen und Kultur, sondern schlicht und einfach Geld und Macht den Vorrang haben.

Mit dieser Sorge stehen sie in der Tradition eines zweiten Vaters der senegalesischen Literatur: Sembène Ousmane. Er war jahrelang als Arbeiter in der Fremde unterwegs, wechselte je nach »Angebot« von einem Beruf zum anderen, hielt sich stets an der Solidarität der Gewerkschaft fest, kämpfte um ein besseres Leben und erhielt dabei mehr und mehr Einblick in die politischen und wirtschaftlichen Machtstrukturen. Seine Novellen und Romane, Kurzgeschichten und Parabeln veranschaulichen den Alltag des kleinen und machtlosen Menschen. Sembène Ousmane wurde später auch zum Filmemacher. Er gehört heute zu den Großen des afrikanischen Kulturschaffens. Bei Aminata Sow Fall spürt man seinen Einfluß sehr stark; bei Mariama Bâ eher in der Wahl der Thematik; und bei Ken Bugul überrascht die Mischung von Senghor und Sembène.

Für Sembène war das Thema *Prostitution* – zum großen Ärger der islamischen und katholischen Schein-Heiligen,

Marabuts und Bischöfe, Politiker und Moralisten – immer so etwas wie der Schlüssel zum Verständnis unserer Zivilisation. Für den gewöhnlichen Menschen blieb in der modernen Gesellschaft – ob er wollte oder nicht – keine andere Wahl als die Prostitution. Wo soll denn der moralische Unterschied sein zwischen dem Zur-Verfügung-Stellen von Kreativität und Arbeit gegen Geld und dem Zum-Kauf-Anbieten des Körpers – zumal der Geist wichtiger als der Körper sein soll? Wer den Mut hat, aus dieser harten Erfahrung zu lernen und herauszutreten, der kann wie die Prostituierte Penda im klassischen Roman Les Bouts de Bois de Dieu von Sembène Ousmane zur Anführerin der Aufständischen und Streikenden in dieser Gesellschaft werden.

Ken Bugul setzt sich aus, geht auf die Straße und erfährt Wirklichkeit. Dieser mystische Baobab mit den träumenden Männern darf nicht in der Nostalgie überzeichnet werden. Vielleicht liegt er ganz nahe der heutigen Bar? Mit der suchenden und fragenden, philosophierenden und theologisierenden Prostituierten gesellt sich Ken Bugul zu anderen Schriftstellern Afrikas, etwa Okot p'Bitek (Uganda) mit Song of Malaya, Okello Oculi (Prostitute), David Maillu (The Flesh: a true monologue of a prostitute), Charles Mangua (Son of Woman, alle in Nairobi veröffentlicht), aber auch Ngugi wa Thiong'os Petals of Blood oder Cyprian Ekwensis Jagua Nana. Jeder Literaturkenner Afrikas weiß, daß das Thema Prostitution und Prostituierte eine Schlüsselstellung einnimmt, und dennoch darf das in vielen afrikanischen Staaten (besonders in den islamischen) weder am Radio noch am Fernsehen ausgesprochen werden. In den Medien sollte die Welt der Männer heil sein. Ken Bugul macht sich allein schon dadurch, daß sie mit einem Pseudonym dieses menschliche Grundthema angeht, lustig über soviel Verlogenheit.

Westafrika erlebt zur Zeit eine rege Tätigkeit von Schriftstellerinnen. Derweil Männer in der Politik palavern und zu nichts kommen (eben wieder unter dem Baobab träumen), ergründen Frauen schreibend neue Wege. Was uns bei ihnen auffällt, ist die sanfte und indirekte Art. Das kommt uns Europäern wenig kämpferisch vor, kaum emanzipiert, selten aggressiv, oftmals fast sentimental, lieblich und mütterlich. Hier gleichen sich Mariama Bâ und Ken Bugul sehr stark. Doch ist wohl diese Indirektheit in Afrika viel wirksamer als ein hartes An-den-Kopf-Werfen der Wahrheit. Fast lächelnd wird hier ab und zu das Allergrundsätzlichste zu sagen gewagt. Nicht rational bis ins letzte seziert, sondern neben den Ereignissen unterwegs und nebenbei eingestreut. Vielleicht hat die jetzige Generation der Schreibenden eine neue Waffe eingesetzt – für Afrika zwar eine alte: das Verstecken der Wahrheit in der Fabel und im Fabulieren.

Man wird jedoch auch in diesem Buch bald spüren müssen, daß uns dieses scheinbar Ungeordnete nicht immer liegt, Unklarheiten schafft, und die Frage aufkommen läßt, wo für die Autorin die Grenze zwischen Phantasie und Erfahrung liegt, ob sie sich unterwegs vergessen hat – genauso wie vorher in der Frage von Raum und Zeit. Gerade bei kühler Lektüre mag manches als Schwäche und Zerrissenheit an den Tag treten, was vorher in der Nacht mindestens vieldeutig war. Hier finden schnelle Wechsel statt: kalte Duschen?

Das führt uns direkt zu einem weiteren wichtigen Thema in der afrikanischen Literatur, nämlich dem des *Zwiespalts.* Auch auf diesem Gebiet hat Senegal einen Klassiker: *L'aventure ambiguë* von Cheikh Hamidou Kane, 1961 veröffentlicht und 1980 endlich auch im Deutschen mit dem Titel *Der Zwiespalt des Samba Diallo* erschienen (Verlag Otto Lembeck). Der Junge Samba Diallo erleidet ein sehr ähnliches Schicksal wie Ken Bugul. Auch er ist ein guter Schüler und wird zum Studium in die Fremde geschickt. So ging er zuerst in die Koranschule und erst dann in eine europäische Primarschule. In Paris widerfährt ihm ähnliches wie Ken Bugul in Brüssel. Er wird zum Zweifler, aber jeder Fragende muß diesen Weg einschlagen; er hinterfragt Dinge, die vorher fast magisch rezitiert und auswendig wiedergegeben wurden. Vorher jedoch glaubte er, im Licht zu sein; erst mit dem Fragen trat er in die Finsternis ein. »Nach und nach entfernten sie mich vom Wesen der Dinge und gewöhnten mich daran, Abstand zur Welt zu halten.« Diallo kehrt heim und erzählt, daß die Weißen »von den Dingen gefressen worden sind«. Beide werden von zuviel Wirklichkeit zerrissen. Bei Kane besteht der Zwiespalt wesentlich zwischen islamischer Denkweise und westlichem Rationalismus. Bei Ken Bugul ist dieser Zwiespalt sehr viel breiter gefächert: zwischen weiß und schwarz, zwischen Mann und Frau, zwischen Körper und Geist, zwischen Intelligenz und Geld, zwischen Schönheit und ihrer effizienten Fruchtbarmachung in Geld; aber auch zwischen Vergangenheit und Gegenwart, Baobab und Bar, Träumen und Wirklichkeit. Sehr viel erfahren wir in diesem Buch über all diese Zwiespälte: Sie wirken bis in den immer wieder aufgebrochenen Rhythmus und die ungeglättete Gestalt des Textes hinein.

Ein anderes Thema, das in der afrikanischen Literatur sehr viel Platz einnimmt, ist das des *Auszugs* aus dem eigenen Land und der *Rückkehr,* die weit anderes vorfindet, als die Betroffenen sich in der Fremde vorgestellt hatten. Auch bei Ken Bugul findet eine Desillusionierung schrittweise statt. Schon zu Beginn hat sie realistische Töne eingeschlagen, indem sie vom Zeugen einer neuen Generation schreibt. So mutig wie kaum andere im frankophonen Bereich sagt sie (natürlich sanft und indirekt), daß eine ganze Generation über den Haufen geworfen werden, das Dorf niedergebrannt und der Baobab absterben müsse, denn wahrscheinlich war all das gar nie Wirklichkeit, sondern bloß Traum, war nie im philosophischen Sinn Realität, sondern immer nur Nostalgie, immer Rückblende und darin gesonnte und geglaubte heile Vergangenheit. Vielleicht hat gerade der Aber-Glaube oder Irr-Glaube alles viel schwieriger gemacht. Unrealistischer Glaube und Träume gehen zusammen: man kann damit unter dem Baobab als Mann leben. Aber wer macht die körperliche Arbeit? Wer arbeitet auf dem Feld? Wer trägt das gezeugte Kind neun Monate lang aus? So bleibt fast surrealistisch am Schluß der Baobab als ein Denkmal. Aber ist nicht schon wieder sein leises Keimen eine neue Illusion? »Man kann sein Leben träumen, nicht jedoch die Wirklichkeit.«

Ken Buguls Roman-Autobiographie ist ein afrikanischer Versuch zum *Realismus*. Bei allen drei Frauen kommt ein neuer Realismus zum Vorschein. Bei ihm gehen Altes in Neues, Väter in Söhne, Mütter in Töchter, gestern in heute über. Diese Realität ist entweiht und einsam. Sie wird vom Geld dominiert. Und dennoch – auch diese Realität ist ein Amalgam, ein Gemisch. Aber nicht im Sinne des elitär-entrückten Senghor. Diese Realität ist ein »Kind der Sünde« und aus der Prostitution entstanden. Diese Realität ist eine Herausforderung im politischen Sinn, denn nicht der Zwiespalt ist das Grundproblem, sondern die Ohnmacht.

Al Imfeld

Dialog Dritte Welt

Im deutschsprachigen Raum ist in den vergangenen Jahren das Interesse an den Kulturen der Völker der Dritten Welt erheblich gewachsen. Auch das Bedürfnis nach Information und die Einsicht, daß wir die Menschen aus Asien, Afrika und Lateinamerika selbst zu Wort kommen lassen müssen, hat zugenommen. Dabei wird der Tatsache, daß in diesen Ländern eine Literatur geschrieben wird, die literarisch anspruchsvoll und spannend zugleich ist, auf unserem Buchmarkt noch längst nicht genügend Rechnung getragen.

Entsprechend ihrer verlegerischen Konzeption und ihrer langjährigen Tradition bei der Herausgabe von Literatur aus der Dritten Welt haben sich der Lamuv Verlag, der Peter Hammer Verlag und der Unionsverlag entschlossen, gemeinsame Sache zu machen. Unser Ziel ist es, im Laufe der nächsten fünf Jahre mit vierzig Titeln eine Bibliothek von Weltliteratur aus Afrika, Asien und Lateinamerika zusammenzustellen. Jedes Buch der Reihe, ob Roman, Sachbuch, Lyrik- oder Kurzgeschichtenanthologie soll ein realistisches Bild der sozialen und politischen Lage des Landes und seiner Menschen vermitteln. Und das Leseabenteuer, die literarischen Entdeckungsreisen in Kontinente und Kulturen sollen nicht mehr an hohen Ladenpreisen scheitern. Deshalb erscheinen alle Titel dieser Reihe als Taschenbücher. Die Zielsetzung, eine preiswerte, langfristig geplante und repräsentative Auswahl dieser Literatur einem breiten Leserkreis zugänglich zu machen, ist für die drei Verlage mit erheblichen Risiken und finanziellem Aufwand verbunden. Deshalb bitten wir um Ihre Mithilfe und bieten die Reihe zum Abonnement an. Die Abonnenten erhalten als Dank für ihr Engagement jährlich kostenlos eine Langspielplatte mit Musik aus jeweils einem der drei Kontinente.

Um die Bücher der Reihe DIALOG DRITTE WELT auf allen Ebenen der Bildungsarbeit besser handhabbar zu machen, erscheint parallel das Materialheft »Dialog Dritte Welt«. Es gibt Anregungen und Anleitungen für den Gebrauch der Bücher, beschäftigt sich mit den Hintergründen ihrer Handlung, gibt zusätzliche Information zu den Autoren. Den Abonnenten der Reihe wird es kostenlos mitgeliefert.

Eine Initiative der Verlage

Lamuv Verlag · Peter Hammer Verlag
Unionsverlag